Mir

CW01510442

SEI BELL

IL PENSIERO DEL CUORE

MONDADORI

Dello stesso autore
nella collezione Novel
Come battiti del mare

Questo libro è un'opera di fantasia. Personaggi e luoghi citati sono invenzioni dell'autore e hanno lo scopo di conferire veridicità alla narrazione. Qualsiasi analogia con fatti, luoghi e persone, vive o scomparse, è assolutamente casuale.

Instagram: mirkosbarra
Facebook: Mirko Sbarra

⋀ librimondadori.it
anobii.com

Sei bellissima così
di Mirko Sbarra
Collezione Novel

ISBN 978-88-04-70928-2

© 2019 Mondadori Libri S.p.A., Milano
I edizione luglio 2019

SEI BELLISSIMA COSÌ

Si conobbero. Lui conobbe lei e se stesso, perché in verità non s'era mai saputo. E lei conobbe lui e se stessa, perché pur essendosi saputa sempre, mai s'era potuta riconoscere così.

ITALO CALVINO, *Il barone rampante*

A UN POETA donate il silenzio, e darà voce al vostro mondo.

SE L'IDEA CHE MI ERO FATTO di tutte le donne che ho amato avesse trovato conferma nella realtà, oggi non avrei conosciuto la vera essenza che costituisce il sentimento dell'amore.

CONTINUIAMO a colorarla questa realtà, a volte triste, con la poesia.
E diamole voce e ali, con la musica.

SEI BELLISSIMA la mattina appena sveglia con i capelli arruffati e la faccia ancora sporca di sogni.

Sei bellissima quando impieghi il tuo tempo a fissare il vuoto e lo riempi con i sogni più belli che la bambina che è dentro di te possa immaginare.

Sei bellissima quando sei in macchina, metti le sicure alle porte e alzi il volume dello stereo fino a raggiungere quello stato di serenità che ti isola da tutto e da tutti, e resti sola con te stessa, con le tue sensazioni e i ricordi che ti fanno stare in pace con il mondo.

Sei bellissima quando sorridi a un cane per strada, magari nascondendo il sorriso sotto una sciarpa, perché sei gelosa di quell'intimità che ti lega con chi offre amore incondizionato, e vuoi preservare quel sorriso come le buone azioni che si compiono nella vita, quelle che si fanno ma non si dicono.

Sei bellissima quando ami in silenzio per paura di disturbare il tuo equilibrio interiore, in quel silenzio dove costruisci castelli e dai vita a principi, fate, boschi incantati e cavalli bianchi. In quel silenzio dove i "per sempre" vivono magicamente di luce eterna, come la candela che illuminava il tuo volto nella mezzanotte di Natale, quando tutto era possibile. Quel silenzio che poi sgretoli con le tue paranoie di non piacere, di non essere abbastanza, quelle paranoie che ti assalgono e avanzano prepotentemente la domanda: "E se poi tutto finisce?". Ed è per questo che sei bellissima, insicura, fragile, da abbracciare e rassicurare come quella canzone che apre le ali ai sogni della tua fantasia e ti permette di staccare i piedi dalle tue incertezze, e ti fa volare in alto, respirare nuvole e sorseggiare luminosi raggi di sole.

Sei bellissima quando visualizzi un messaggio e non rispondi. Non lo fai per maleducazione o arroganza, magari ci provi a scrivere qualcosa, ma poi inevitabilmente cancelli. Perché l'indecisione prende il sopravvento, e hai paura di immergerti troppo nelle emozioni, quando tu vorresti solo respirare aria pura in superficie.

Sei bellissima quando ti siedi scomposta e con una mano sposti i capelli, come se volessi dichiarare al mondo la tua unicità, presentare la tua anima "ribelle" che non si conforma con il resto e non scende a compromessi.

Sei bellissima quando guardi il cielo e il mare, quando ti ascolti davanti a quell'immenso, quando qualcuno ti prende la mano inavvertitamente e ti conduce in una dimensione dove la comprensione ti emoziona.

Sei bellissima e non lo sai quanto bene fai a chi ti sta intorno.

Sei bellissima anche quando un'aspettativa si infrange e ingoi una delusione, perché hai gli occhi di chi ci crede sempre e speri che tutto migliori.

Sei bellissima quando il pensiero che ha fatto fatica a farti addormentare ti sveglia nel cuore della notte. E guardi il soffitto, da sola, come per dire: "Ce la faccio anche stavolta".

Sei bellissima, anche adesso che stai leggendo e nessun uomo te l'ha ancora detto oggi.

NON ABBIATE VERGOGNA di esprimere il lato dolce del vostro cuore. Non è debolezza mostrare nuda l'anima come in tanti pensano, ma è un atteggiamento di estremo coraggio. La dolcezza è il salvagente dell'umanità, perché in essa è contenuta la più profonda verità di ogni essere umano.

LA LIBERTÀ non sempre va in direzione del vento, ma ha la sua stessa essenza.

E STO USANDO tutto il silenzio possibile e immaginabile contenuto nell'universo per dire al tuo cuore quello che tu sei per me.

CERCA SEMPRE di portare le ferite del cuore come se fossero medaglie, con l'orgoglio di essere passato per quelle vie di dolore, ma fiero e pieno di entusiasmo di vivere per essere sopravvissuto a quei dispiaceri e a quelle delusioni.

SEI QUELLA PAUSA tra pensiero e parola che contiene tutta la bellezza misteriosa dell'indefinito tra sogno e realtà.

SE UN'EMOZIONE non profuma d'amore dura solo a metà.
Solo quando è combinata da due cuori che si toccano raggiunge l'eternità. ♥ BLACK HEART

I WOULD LIKE TO
HAVE BLACK SKIN
AS WELL

11

PER CAPIRE fino in fondo una donna devi aver litigato con i suoi demoni interiori, per poi esserci finito a fare l'amore.

Per capire fino in fondo una donna devi aver perdonato l'imperdonabile, devi aver oltrepassato quel limite invalicabile che recinta la sua anima con il filo spinato della sua ingenuità bambina e la protegge con le fiamme ardenti della sua sensuale femminilità.

Per capire fino in fondo una donna devi aver attraversato l'inferno, magari entrando dalla porta del paradiso, o viceversa, ma comunque sei restato, non te ne sei mai andato, non l'hai abbandonata nemmeno con lo sguardo, sei rimasto lì con lei e con il suo pensiero che ti colorava la vita di gratitudine e speranza.

Per capire fino in fondo una donna devi aver conosciuto l'abbandono e almeno metà della sua solitudine per poi poterla riempire con le attenzioni, i baci, la protezione, i sorrisi, il rispetto, gli abbracci, le passeggiate, la poesia, le carezze, i tramonti, la musica, il sesso in macchina o sulle scale, l'amore sul bagnasciuga al confine con il mare o sopra un tappeto di spighe dorate pettinate dal vento.

Forse, solo allora riuscirai a capire una goccia del mare di quello che è realmente una donna, ma le avrai permesso di comprendere quella che lei è attraverso gli occhi del tuo amore: un oceano di emozioni che senza quella goccia risulterebbe asciutto.

C'è troppa luce dentro la stanza questo caldo che
avanza io non dormirò. E scusa se non parlo abbastanza
ma ho una scuola di danza nello stomaco.
È bello che la musica non c'è.
Farei farti 100 cose ma non so da dove iniziare,
ti vorrei iniziare.
Vorrei portarti al mare, anzi portarti il mare.

AMAVANO TANTO entrambi le lunghe chiacchierate e le fra-
granti risate che offriva l'amicizia della compagnia, ma quando si isolavano dal mondo, rimanendo insieme solo a se stessi, le loro anime combaciavano perfettamente con la superficie
della loro solitudine, aderendo al silenzio trasparente della coscienza che abitava la natura.

E NON IMPORTAVA in che parte dell'universo e del giorno si trovasse, non era necessario che fosse mattina, pomeriggio, sera o notte fonda.
  Quando lei sorrideva, il sole si ergeva.
  Tutto partiva da quel momento: l'immensità della natura si svegliava in quell'istante; da quando il suo umore faceva
all'amore con il mondo intero.
  Era lì che iniziava il "buongiorno".

L'AFORISMA è una goccia di verità che scivola sulla tegola di un sogno, sospesa tra i piedi della realtà e le ali della fantasia.

LA VERA bellezza soggiorna all'interno degli occhi dell'anima.

CI SONO PAROLE di certe canzoni che si incastrano alla perfezione con l'attimo che si sta vivendo.

FORSE LEI NON ERA a conoscenza di un piccolo dettaglio che caratterizzava il loro rapporto, ed era giunto il tempo che lo sapesse.

Lui amava ogni infinitesimo millimetro di lei, anche quei sottili spazi delimitati dai difetti: lui l'amava a prescindere.

GIOCARE a fare gli adulti è un gioco che si impara da bambini.

QUANTA BELLEZZA è custodita nelle "piccole" cose che la natura ci offre quotidianamente... Ti auguro che i tuoi sensi non smettano mai di provare emozioni di fronte allo spettacolo di un cielo che dà ospitalità a un nuovo sole che nasce in un'alba, o che va a riposare la sera in un tramonto.

❤ SEI BELLISSIMA quando la sera torni a casa stanca, ti butti sul divano, e resti sola, in compagnia dei tuoi pensieri a fissare la televisione spenta. E in quel rettangolo nero vedi le persone che hai incontrato durante la giornata: il ragazzo che ti ha raccolto con un sorriso le chiavi che ti sono cadute distrattamente di mano, il signore che ti ha fatto passare avanti in cassa al supermercato, il bambino che ti ha sorriso sul passeggino spinto da una mamma, dove per un attimo hai immaginato potessi essere tu, quella madre.

Sei bellissima quando pensi alle persone che vorresti avere con te, ma non puoi. Quelle persone che sono andate via per scelta, lasciandoti sola con le mani piene di rabbia e gli occhi gonfi di amarezza, facendoti rimanere con la voglia di un abbraccio che non puoi più ricevere e con la nostalgia di momenti che non puoi più rivivere.

Sei bellissima perché sì, è vero, ti senti sola spesso, ma hai ancora la forza di capire che soli lo si è quando non si ha più se stessi. E per fortuna, tu, puoi ancora contare su di te.

Sempre e solo su di te.

Acqua e Sale
Mina & Celentano

"LA BELLEZZA è negli occhi di chi guarda."

Quando guardo un tramonto, in quel momento quel tramonto è solo mio.

Quando alzo gli occhi in una notte d'estate, il cielo stellato lo sento mio.

Così, quando un'onda si infrange su uno scoglio durante il mare in tempesta, quell'onda mi appartiene.

La bellezza di una donna dimora negli occhi dell'uomo che la considera.

Una donna, da sola, non avrebbe mai la consapevolezza di essere bella, e soprattutto, anche se lo sapesse, non saprebbe che farsene di tutta la sua bellezza.

IL MARE ha il mio stesso carattere, calmo.

Ma ci vuole un respiro più brusco del vento perché si agiti e gridi con forza tutta la sua rabbia.

Quello stesso vento che, quando si placa, riordina le onde nel silenzio e nella pace originaria, come fa una professoressa a scuola con la propria classe di studenti.

Al mare non manca nulla, se non il premuroso ascolto del resto del Creato.

HO VISTO DIALOGHI trasformarsi in monologhi, fino al punto di spegnersi in solitudini.

Un po' come quando manca la luce e ci si illumina con una candela, che piano piano si consuma.

E resta il buio.

Se si tiene a un rapporto, di qualunque natura esso sia, è necessario mantenere sempre viva la comunicazione.

Parlare è gratis, anche se spesso siamo noi a dargli un prezzo molto caro.

E il rimpianto è il prezzo del silenzio.

CHE STRANI esseri siamo noi: coloriamo la felicità di un attimo con la malinconia dell'infinito.

TUTTO QUELLO che non tramonta nel cuore, albeggia nella mente a ogni emozione.

IL SUO SORRISO era come acqua di mare, riusciva a curare le ferite più profonde che la mia anima si cuciva addosso.

ALL'ORA DEL TRAMONTO, i pensieri che durante il giorno volano liberi nell'aria tornano tutti a radunarsi come api stanche nell'alveare dell'anima.
Ed è lì che ricominciano a vivere, in quello spazio di cuore.

QUANDO NON PENSO A TE, penso a cosa potrei pensare qualora non ti pensassi.

VOLEVO VESTIRMI per sempre solo delle parole che ha pronunciato il mio cuore.
Ed eccomi qua, a respirare il sapore di una promessa.

LUI AMAVA DIPINGERLA nella tela dei suoi occhi; dava leggere pennellate di colore all'anima, affinché tutti potessero scorgerne la bellezza.

LA SERENITÀ è dentro un cielo bucato di colori.
  È nell'aria trasportata dal vento.
  È nel volo di un gabbiano cullato dalle onde del mare.
  La serenità è dentro di noi.

L'UMILTÀ DI UNA PERSONA si misura in base alla sincerità con la quale pronuncia le parole "grazie", "scusa", "mi manchi", "ti voglio bene".

OGNI LACRIMA porta dentro di sé un'emozione che si dissolve, quasi come se le stessero strizzando il cuore.

Come quando piove.

Il cielo ci protegge, fa da scudo alla terra, le nuvole assorbono le ingiustizie e tutte le forme di malvagità, attutiscono l'impatto tra l'uomo e Dio.

E quando è saturo ha bisogno di alleggerirsi, ecco perché lascia andare lacrime di pioggia.

Gocce al sapore di sale, come il mare.

Perché tutto quello che è immenso, in un certo modo è anche salato.

Le spremute di cuore servono al cielo per tornare sereno.

AMO LE PERSONE che non si preoccupano di come possano apparire agli occhi della gente.
E se ne fottono.
Che sono semplicemente se stesse.

CI SONO SILENZI che si tramuterebbero in voce solo con un abbraccio.

CHI È INNAMORATO della vita guarda sempre il mondo con gli occhi ingenui di un bambino.

SOLO CHI AMA incondizionatamente sa aspettare.

❤

LA MAGIA di chi ancora sa sognare consiste nel fatto che con un semplice battito di ciglia si sposta d'incanto dall'altra parte del mondo, e se lo sguardo staziona a lungo sul proprio sogno, appena gli occhi volgono alla luce si riscopre a vivere l'incantesimo.

❤

D'AMORE si abusa. 28\09\2020
    Ma non si usa.

Avrei da dire molte cose riguardo l'amore. Apparenza e significato. Ma chi siamo? Ci lasciamo travolgere da qualcuno che entra nella nostra vita, un giorno qualunque, e cui diamo tutto, ci abbandoniamo con un altro corpo può accanto al nostro, che ripose, crediamo di difenderci e ci figliamo. Ma chi siamo? Ci mischiamo anima, ossa e saliva.

24

UN GIORNO senza amore è un giorno sopravvissuto.

I PENSIERI PIÙ BELLI sono quelli che non scrivi, quelli che sfuggono, e vagano liberi nell'aria raggiungendo solo il legittimo destinatario.

OGNI TANTO SOSTARE diventa indispensabile.
Per ricordare chi eravamo.
Per prendere coscienza di chi siamo adesso.
Per promettere a noi stessi di non cambiare e rimanere sempre quello che siamo, anche domani.

CHI NON È CAPACE di chiedere scusa farà sempre fatica a perdonare se stesso.

"COME STAI?" non è una domanda.
   "Come stai?" è l'amore che si nasconde dietro lo scudo del sentimento.

NULLA ECCITA i sensi come il vero amore.

I LOVE YOU. I LOST YOU.

❤ **SEI BELLISSIMA** la sera quando la tua mente raggiunge inevitabilmente quel pensiero che hai provato in tutti i modi a schivare durante la giornata, non perché sia brutto, anzi, ma perché vorresti raggiungerlo anche con il corpo, soprattutto con le mani, per accarezzare quelle parole che hai sempre sentito uscire dalla sua voce, o con le labbra, per baciare quel suo immenso cuore che si distingue tra tutti questi manichini in vetrina che si svendono alla prima donna che capita. Sei bellissima quando ti lasci guardare, fino a farti spogliare con gli occhi da ogni difesa, ed è lì che comincia lo spettacolo più raro, quello che offre l'unicità della tua anima a cui solo in pochi avranno l'onore e il privilegio di assistere.

Sei bellissima quando cerchi in tutte le maniere di frenare con il ricordo delle tue esperienze passate il tuo cuore, ma poi alla fine sei consapevole che quando quei freni, con il trascorrere del tempo, si consumeranno, abbraccerai i tuoi desideri più segreti che solo a qualche amica hai confidato.

Sei bellissima anche quando una lacrima ti scivola sulla guancia, senza quasi che tu te ne accorga, perché è vera, è spontanea, è un concentrato di cuore, come se quella goccia salata contenesse il mare nel quale navigano i tuoi sentimenti più puri.

Sei bellissima, non ti preoccupare di chi ti punta il dito con l'arrogante convinzione di sapere, di conoscere, di avere tutto sotto controllo.

Il "meglio", per te, non è composto da numeri matematici, da canoni di bellezza che sfilano vuoti su una passerella, o da chi, nella folla, urla per scalare il gradino più alto del podio sgomitando e spesso calpestando anime infrante. No. Per te il "meglio" è qualcuno che ti regala felicità, invece che augurartela, è chi ti dimostra affetto, invece di raccontartelo, per te il meglio è chi ti merita, invece di dirti cosa meriteresti.

Sei bellissima, ma non dirlo a nessuno, fuori è pieno di gente che vorrebbe vederti appassire. Rimani come sei, resta quel fiore che anche nell'inverno più gelido sbuca fuori tra la brina del mattino e l'indifferenza del buio della notte. Regalati amore, come il profumo delle cose smarrite che ritrovi nelle tasche dei ricordi dell'infanzia. E continua a sorridere, perché forse non lo sai, ma dentro al tuo sorriso abita la vita dell'uomo che ti ama.

LA "BUONANOTTE" a distanza più bella è quella che ti abbraccia con l'amore delle parole e ti addormenta gli occhi nel silenzio della notte.

C'È DISORDINE NEL CUORE quando si sente la presenza d'amore, ma quando l'assenza prende il sopravvento, quel disordine diventa spazio vuoto.

L'AMORE NON È NEGLI OCCHI, ma nel cuore.
Negli occhi risiede l'anima che riflette luce in base all'intensità dell'amore contenuto nel cuore.

SI SCRIVE "ci penso io", si legge "ti penso io", si pronuncia "son qui io".
L'amore è una lingua che traduce l'universo.

VOGLIO ESSERE il motivo che ti faccia sempre credere all'amore.

CHI INVIDIA non ama.
E soprattutto è invidioso dell'amore altrui.

A TUTTO c'è un limite.
Tranne all'amore, che rompe ogni margine.

CREDO che quando ci si imbatte nell'amore non ci sia biso-
gno di tattiche.
L'amore vero non è un gioco.
L'unica strategia è amare.
Sempre.

L'AMORE ci migliora.
Smussa gli angoli del nostro carattere, addolcendo gli spigoli.
Lucida l'anima che brilla d'immenso.
E dà pace.

L'EMOZIONE più intensa prende vita nel silenzio: la sentono i sensi, l'ascolta il cuore, la vede l'anima.

L'EDUCAZIONE si dimostra attraverso i gesti, anche i più piccoli.
Ma non resta mai in silenzio, perché è la voce del rispetto.

PENSIERI che si allargano come cerchi in acqua nello stagno del silenzio.

CERTE INTESE lasciano parlare i silenzi delle anime.

OGNI VOLTA era un sussulto al cuore improvviso.
Quando i suoi occhi gli penetravano l'anima, i battiti scalpitavano, e il mondo si fermava.

PERCHÉ lei non solo gli era simile, ma aveva la rara virtù di frugare nel disordine del suo cuore, riconsegnandolo a se stesso.

BUONA DOMENICA a chi è ancora a letto anche se sveglio da qualche ora e ha la testa altrove.

A chi si incanta davanti a un muro e sogna.

A chi vorrebbe solo andar via.

A chi riesce ancora a respirare un soffio d'aria pura in mezzo allo smog del traffico di una città.

A chi vorrebbe abbracciare una persona cara che non c'è più.

A chi si ferma a pensare a tutto e a niente.

A chi si specchia dentro il sorriso di suo figlio.

A chi aspetta il suo momento.

Buona domenica a chi è ancora capace di ascoltare la voce del suo cuore, nonostante tutto il casino che c'è là fuori.

A chi è distante migliaia di chilometri, ma si sente vicino.

A chi sa sorridere dei propri difetti, perché spera che si tramuteranno in pregi, un giorno.

A chi accarezza la felicità negli attimi.

A chi nel silenzio è abile a udire i suoi più autentici desideri.

Buona domenica a chi ha una famiglia da raggiungere.

E a chi ha da raggiungere una famiglia, ma come obiettivo nella vita.

A chi sa condividere ancora i momenti di felicità con gli amici, e non.

A chi nella riflessione della propria umiltà trova il coraggio di perdonare, e si sente meglio.

A chi inventa nuove parole ogni giorno che addolciscono una realtà sempre più orfana di veri valori e principi.

A chi ama, e sa amarsi d'istinto.

Buona domenica a chi non chiude mai una porta, e aspetta.

PER SENTIRE davvero, un cuore dev'essere sordo.

DIFFIDATE degli "amori" che fanno piangere.
L'amore non fa piangere, è l'emozione dell'amore che fa scivolare lacrime dal cuore.

CI SONO PAROLE che tremano in fondo al cuore come la fiamma di una candela, in attesa di illuminare occhi lucidi con tanta bellezza.

L'AMORE, per manifestare la sua autenticità, dev'essere "maleducato" e imprevedibile come le emozioni che nascono misteriosamente dal cuore.

GLI OCCHI osano perché custodiscono il coraggio dell'anima, e sono sempre un passo avanti rispetto al cuore.

Open your eyes

L'ANIMA se la complica chi duella con il cuore perennemente contro chi, al contrario, adopera il cervello.

IL CORAGGIO è un sentimento dettato dai battiti di un cuore che ha ancora una voglia pazza e sete di vita.

OGNI VOLTA che il cuore vibrava, gli piaceva pensare che fosse il pensiero di lei che lo andava a trovare.

QUANDO è il denaro a parlare, la bocca del cuore si chiude.

IL CUORE non dimentica quello che passa attraverso l'anima.

LA MUSICA nell'aria ha questo effetto: trasporta l'anima dove vuole il cuore.

PUOI INGANNARE la ragione, ma il pensiero del cuore non riesci a controllarlo.
Nasce da un muscolo involontario, e come tale non lo fermi.

IL CUORE, quando è stimolato, trova sempre le giuste parole che si incastonano, come pietre preziose, nell'anima di chi le riceve.

QUANDO le emozioni straripano dal letto del cuore, nutrono ogni cosa che sfiorano.

IL CUORE non dorme mai, specialmente la notte quando è avvolto in un pensiero.
Quello più vivo.

MA DOVE SEI quando ti penso? Quando per un attimo che sa di eterno accantono il mondo in un angolo, tra le pieghe di un'emozione, e la pelle della mia anima si veste solo di te?

Ma dove sei quando parlo con me? Quando la tua essenza salta fuori come un bambino al quale hanno fatto tana a nascondino, e pronuncio il tuo nome con la voce colma di emozione come vento che trasporta foglie tremolanti in autunno?

Ma dove sei quando sento respirare i ricordi che affiorano sulla superficie dello specchio dei tuoi occhi? Quando certi momenti che abbiamo vissuto diventano tramonti la mattina e albe la sera?

Ma dove sei quando ti sorrido? Quando la vita si colora di primavera a dicembre, e le gambe camminano tra le nuvole al solo pensiero che ci sei, che esisti, e il mondo ha l'onore di ospitarti?

Ma dove sei quando ti aspetto ogni volta prima di affidarmi ai sogni della notte? Quando desidero un abbraccio dentro al quale poter respirare i tuoi capelli, e vorrei darti un bacio al sapore di immortalità che faccia evadere i pensieri dalla prigione delle nostre teste, liberando nell'aria quel senso di adolescenziale serenità?

Dentro di me.

Ecco dove sei.

CI SONO MOMENTI che si avrebbe tanto da scrivere, ma non lo fai.
Perché è più bello raccontarsi sulle labbra quello che il cuore ha da dire.

VICINI, combaciando in un pensiero.
Vicini, sentendo la stessa emozione che fa vibrare il cuore.
Non esistono distanze per chi si ama.

LA BELLEZZA della luce di certi occhi che massaggiano le contratture dell'anima e rimboccano le coperte al cuore, preparandoti alla notte.

LA NOTTE è un girotondo di "chissà" che si accendono e si spengono al ritmo dei battiti del nostro cuore.

LA PANCIA sente quello che vede il cuore.

MI PIACE chi pensa ancora con il cuore e cerca sempre di esternare il suo pensiero attraverso le parole.
   Mi piace, perché fa sentire a casa.

CI SONO tanti modi per toccare un cuore, ma quello dove rimarranno le impronte dell'anima di chi lo ha attraversato non lo scorderai mai.

C'È IL FREDDO che ti pizzica la pelle, che senti in viso, sulle mani, ai piedi.
Poi c'è quello più malinconico, che fa balbettare il cuore.

NON FATEVI DISTRARRE dalla quotidianità del giorno.
Fate respirare il sogno che portate nel cuore, continuate a dargli la stessa considerazione che gli offrite la notte.

TUTTE LE PAROLE che nascono dal cuore sono belle.
Ma se sono seguite dai fatti diventano parole bellissime e si trasformano in emozioni.

SAREBBE TUTTO più semplice se le scelte più importanti della vita le lasciassimo fare al cuore.

LA SINCERITÀ è un'ottima compagna da proteggere e portare gelosamente nella tasca del cuore più nascosta durante il cammino della vita.

PER VIVERE in equilibrio è necessario dosare saggezza e follia, mescolandoli a un'essenziale, gigantesca, quantità di cuore.

LA VERITÀ risiede nei cuori di chi osserva il mondo ancora con gli occhi innocenti di un bambino.

DUE CUORI che si sfregano a distanza danno origine a scintille di rarissima magia.

IL MARE ha questo immenso potere: cancella con un'onda dal bagnasciuga dei pensieri, quelli cattivi.

MI PIACE PENSARE che Dio creò la serenità attingendo dalle onde del mare i colori di un tramonto.

IL SILENZIO della notte è come il mare "racchiuso" dentro una conchiglia.
Riecheggia una presenza dentro di noi, che si sente, ma non c'è.

SEI BELLISSIMA mentre osservi il panorama dalla cima più alta dove la tua immaginazione può arrivare e la tua fantasia ricopre lo spazio che ti separa dal punto più lontano che il tuo occhio riesce a vedere.

Sei bellissima quando il vento ti libera i capelli e disinnesca i tuoi occhi dall'indifferenza illuminandoli di meraviglia e stupore, e solo quel brivido capace di scorrere lungo la schiena può farti comprendere il senso di felicità assoluta.

Sei bellissima quando incontri per strada un'amica che non vedevi da "secoli", e all'improvviso provi quella fantastica sensazione di sentirti veramente compresa perché la rendi partecipe di quello che stavi raccontando gelosamente a te stessa, e cominciate a ridere e a parlare come se tutto quel tempo trascorso non fosse mai esistito.

Sei bellissima quando i tuoi occhi brillano, la tua voce respira festosamente e da ogni poro della tua pelle sprigioni entusiasmo mentre abbandoni ogni freno inibitorio durante il racconto di un ricordo.

Sei bellissima quando la sera, prima di andare a dormire, dai l'ultimo sguardo dalla finestra e cerchi nel cielo buio la luna per confidarle quel segreto che ti porti dentro, troppo pesante per te, come se quella palla luminosa alleggerisse i tuoi pensieri.

E così dai un'altra buonanotte alla vita.

VOGLIO il mare, e il sole ovunque.
   Voglio musica che colora i tramonti.
   Voglio baci che infiammano la pelle.
   Voglio il mio respiro nel tuo.

IL PENSIERO sceglie da sé a chi appartenere, e noi siamo impotenti davanti a tale decisione.

IN OGNI PENSIERO c'è un tocco d'anima.
   Soprattutto quando il "pensare" coincide con il "sentire".

SEI INCAGLIATA dentro ai miei pensieri, tra un intervallo e l'altro, nelle pause delle parole che non dici.

SPESSO, quello che separa in realtà unisce.
Come due pensieri che si cercano nel vento, testardi, e nonostante la distanza si incontrano.

COME QUELLE PAROLE che non vengono in mente.
Sono così alcuni pensieri.
E rimangono lì, sulla punta del cuore.
In attesa di un sogno.

BASTA intrecciare e tenere ben saldi due pensieri per continuare a dare ossigeno a un sogno.

LA NOTTE conosce tutte le risposte che l'alba nasconde.

QUANDO certi pensieri si fondono tra di loro, tutto assume un qualcosa di magico.
È così che entra in scena la meraviglia.

LA NOTTE serve a leggere se stessi, e chi, in quell'illuminante buio, si specchia dentro alla nostra anima.

LE PERSONE più infelici sono quelle che invidiano la felicità altrui.

Le riconosci dallo sguardo opaco, sul quale riflette un'anima nera.

IL SOLE al tramonto ti rovista dentro l'anima, la sfoglia, e leggendola sottolinea le parti mancanti che devi imparare a cercare di trovare.

IL VUOTO spesso pesa 21 grammi, come l'anima.
Un peso enorme.

CI SONO SORRISI che riempiono l'anima di vita.
E te ne accorgi quando mancano, il vuoto che lasciano.

LA PROTEZIONE migliore contro le scottature dell'anima è l'abbraccio.

LA BELLEZZA di una donna che si lascia leggere gli occhi è incantevole.
Diventa speciale quando riusciamo a sfogliarle le pagine dell'anima.

L'AMORE è il riflesso dell'anima di se stessi immerso negli occhi del partner.
Ci si riconosce in un appartenersi di emozioni.

OGNI VOLTA che racchiudi tutto l'amore per la vita in un sorriso, nascondendo la felicità agli occhi del mondo, io sono con te.

Ogni volta che vorresti fidarti di un'emozione ma non la vivi per paura che venga abbandonata a se stessa e nessuna mano di un uomo la protegga come fa il mare quando culla le sue onde, io sono con te.

Ogni volta che prendi per mano un pensiero e i tuoi occhi esclamano: "Questa è la volta giusta!", perché ci credi, ti fidi del mondo, non riusciresti a essere altrimenti, io sono con te.

Ogni volta che il tuo cuore batte fuori tempo, tra una piega dell'anima e lo scudo del petto, io sono con te.

Ogni volta che hai dentro agli occhi un tramonto, e ti scende un ricordo che riga il cuore, io sono con te.

Ogni volta che una lacrima imprigiona le parole che non riesci a dire, dando voce ai tuoi silenzi, io sono con te.

Ogni volta che arriva il buio, e cerchi quella luce che possa illuminare come lampare nella notte il tuo mare interiore, io sono con te.

Ogni volta che io sono con te, tu sei con me.

IL SILENZIO nel quale senti infrangere le onde del mare sulle pareti dell'anima è il migliore.
Ti fa avvertire in faccia l'odore di libertà.

CI SONO MOMENTI dove un'emozione ha i lineamenti più marcati, e disegna sul profondo dell'anima un volto, un sorriso, una voce, uno sguardo.

STAVA IMPARANDO a conoscere giorno dopo giorno ogni suo difetto.
E mentre li assemblava nel puzzle dell'anima, intuiva di innamorarsene.

CHISSÀ quanti "ti amo" e "amore mio" avranno varcato le tue orecchie.
Ma solo uno ti rimarrà dentro.
Quello che oltrepasserà la tua anima.

MENTRE i corpi giocavano a nascondino, le loro anime facevano all'amore.

TUTTA LA SEMPLICITÀ di questo mondo si può racchiudere nel piccolo, ma protetto spazio di un sorriso.

LA FELICITÀ è il sorriso di due battiti che si ammirano da lontano, ma che in realtà si sentono vicini.

ALCUNI vuoti possono essere colmati solo da un sorriso.

NON C'È distrazione che tenga all'amore.
Quando meno te lo aspetti si ripresenta sempre.
In un sorriso, un profumo.
O camuffato da canzone.

LA BELLEZZA di un sorriso improvviso, che inconsapevolmente sorprende.

Ma se si accorge di essere visto smette, timido di essere scoperto.

LE LACRIME servono per dissetare i migliori sorrisi, li "annaffiano" e danno più vigore al vero senso della vita.

FORSE LA NOTTE era proprio questo.

Il suo nome che gli gridava sottovoce dentro.

TUTTI I PENSIERI che durante il giorno ti sfiorano, di notte si legano.
E hanno sempre lo stesso sguardo.
La stessa luce.
Lo stesso sorriso.

E SI SENTE la notte quando veste il tuo desiderio.
Solletica ogni senso.
Accende l'istinto.

SPESSO L'ILLUSIONE è il salvagente di un sogno.

SEI BELLA come il ricordo di un'emozione che hai vissuto da bambino che ti viene a trovare in sogno.

È L'EFFETTO di chi ama forte.
Ha sogni prepotenti.

LIBERTÀ è seguire l'istinto.
È far scivolare i giudizi che non sono in sintonia con la realtà interiore.
È amare senza cadere in dipendenze.

UN GIORNO senza tramonto è come un'anima priva di emozioni.

QUANDO GUARDI un tramonto da solo, quasi sempre gli dai un nome e cognome.

CI SONO tramonti che andrebbero respirati con quattro occhi, avvinghiati sul bagnasciuga.
Leccando ogni sfumatura.

L'AMORE è il verbo "sentire" che prende forma e si muove attraverso brividi e colori.

L'amore è l'anima della vita, è il sentimento supremo che, quando corrisposto, ci rende realmente felici, senza appello.

L'amore è quel disordine che abbiamo dentro, è un appartenersi d'anime indipendentemente dalla nostra volontà.

L'amore ci fa vedere e sentire cose mai viste e sentite prima, al confine con il surreale.

L'amore non ha bisogno di parole. Spesso è il silenzio nel quale sono racchiusi tanti piccoli gesti che confermano la presenza di questo sentimento, una presenza che ci riempie ogni minuscolo attimo della giornata, invadendo ogni limite invalicabile della ragione.

L'amore è lo scrigno della felicità.

GLI OCCHI accolgono, le braccia scaldano, i baci restano.

LA SEMPLICITÀ è quando la vita rimane nuda agli occhi del mondo, spogliandosi di ogni bugia.

DELLE COSE IMPERFETTE mi piace l'idea che possano diventare tremendamente "perfette" se osservate con gli occhi lucenti della verità.

I NOSTRI PENSIERI si baciano nel buio del silenzio, e in un attimo brividi di luce tornano a far battere i nostri cuori.

ALLONTANA le mani dagli occhi, altrimenti perdo il segno.

SE GUARDO il sole in faccia e chiudo gli occhi, vedo il tuo sorriso.

ALCUNE PAROLE possono essere nascoste da altre parole, ma non dagli occhi di chi le pronuncia.

HO BISOGNO di guardarmi con i tuoi occhi.

GUARDIAMOCI.
A occhi chiusi.
Come solo chi sente sa fare.

IL PIÙ BEL LIBRO di tutti i tempi lo legge ogni giorno un uomo attraverso gli occhi della donna che ama.

LA PRESENZA è già carezza.

IL SEGRETO sta nel parlare ai bambini come ci si dovrebbe esprimere con i grandi, e confidarsi con i grandi come si farebbe con un bambino.

A VOLTE BISOGNA FERMARSI, dobbiamo lasciare che la vita faccia il suo corso, e che le cose accadano in maniera naturale, senza forzature o cambiamenti di traiettorie vincolanti e artefatti.

Dobbiamo lasciarci trasportare dal corso del fiume, dalle correnti del mare. È inutile cercare di nuotare controcorrente, finiremmo per esaurire le forze senza ottenere alcun risultato, senza il raggiungimento di alcun traguardo.

È bello ogni tanto lasciarsi accarezzare dal vento, vedere dove ci porta il maestrale, la meta che ci fa raggiungere.

A volte bisogna stare fermi ad ascoltare la vita, i suoi silenzi, le sue pause, gli intervalli di emozione tra una stagione del cuore e l'altra, per poi accorgerci che in verità abbiamo fatto più passi di quanti credessimo.

QUELLO CHE SENTI fa sempre più luce rispetto a quello che vedi.

ADORAVA ricoprirla di attenzioni, farle sentire addosso, a volte dentro, la sua presenza protettiva ma maschia.
   Non si stancava mai di amarla.

FA' CHE L'INFINITO sia sempre il tuo più ambito desiderio.

È PARADOSSALE come il non vissuto, in realtà, vivrà sempre dentro di noi.

LA VITA mi ha insegnato a non cancellare mai il passato, ma a scriverci sopra il futuro presente.

CI SONO alcune coincidenze alle quali neanche l'amore riesce a dare una spiegazione.

IL TEMPO scorre inesorabile, e ce lo ricordano le persone che non sono più con noi, ma, in un certo senso, "dentro" di noi.

L'INVIDIA è il dazio da pagare per chi indossa sempre il suo miglior sorriso.
La cattiveria è conseguenza dell'invidiare la felicità altrui.

DICONO che il tempo passi veloce.
Dicono.
In realtà il tempo resta, siamo noi che passiamo.
Veloci.

OGNI VOLTA che chiudeva gli occhi, la musica della natura risvegliava tutti i sensi come se fosse primavera, e un timido sorriso le si dipingeva su quel viso angelico, quasi a indicarle la strada che percorrevano i suoi sogni. Le palpebre erano porte di marzapane socchiuse che conservavano luce all'interno di quell'anima il cui passato aveva fatto conoscere le tenebre più cupe e meschine, e si illuminava di intensi bagliori che si adagiavano come foglie stanche sul tappeto del suo viso. Lei era quiete di mare, sibilo di vento al tramonto, e cospargeva magicamente polvere di stelle nei cuori di chiunque la contemplasse.

Perché la vera bellezza nasce dall'anima, come un fiume che sgorga dalla riservata foce più alta di una montagna, e si riversa nel mare, alimentando tra l'incanto lo stupore di tutti.

QUELL'ATTIMO che sussegue subito al sole mentre si immerge nel mare.

Questo auguro a tutti, quell'attimo.

Un attimo di infinita quiete, dove la vita raggiunge il senso supremo della sua profonda essenza.

IL VERO confronto con il mondo si ottiene attraverso l'isolamento, quando l'unico rifugio che ci accoglie assume un nome: solitudine.

Diventa ~~quello~~ che sei 4 ottobre 2020

L'INDIFFERENZA è la più alta forma di ignoranza che si cela dietro la maschera della presunzione.

CON I MOSTRI INTERIORI NON SI VA OVUNQUE.
TOGLI LA MASCHERA, NEMICO. NON SPARARE; COSÌ
MARCISCI. LASCIA CHE TI AIUTI CON UN SORRISO.
TI SPRONERÀ L'ANITTA, LE CICATRICI E I RIFLESSI!
LASCIA CHE TI ACCUSINO DI TROPPA ALLEGRIA!
NON PERDERE MAI IL LATO BAMBINO, INNOCUO
CHE TUTTI ABBIAMO. CÀPITA O CAPITA
È SEMPRE QUESTIONE DI PICCOLI DETTAGLI

SE UN'EMOZIONE ti fa ancora voltare lo sguardo al passato significa che chi l'ha provocata non ha ancora cessato di stimolarti brividi.

LE VERE MANCANZE si sentono al di là di ogni confusionaria copertura dell'essere.
Anzi, vengono a galla nella folla, quando tutto fa rumore.

IL CUORE ha bisogno di emozioni intense per dare vita a battiti sinceri.

MI ATTRAE tutto ciò che è "artisticamente" intelligente, non scaltro.

La furbizia spesso circuisce, e offusca la bellezza genuina congenita.

LE BELLEZZE più intense, quelle che non svaniscono col tempo, sono caratterizzate da una profonda intelligenza che rende tutto più sensuale.

CI SONO NOTTI nelle quali i battiti scorrono più in fretta dei secondi.

INDIFFERENZA per andare, battiti per restare.

LA FEDE, l'umiltà e la gratitudine sono gli ingredienti basilari per costruire e condurre un'esistenza degna di essere chiamata vita.

PERCHÉ il tempo non torna, e su quel tempo la vita scorre come un treno ad alta velocità sopra i binari del destino.

LE DELUSIONI sono spesso figlie delle illusioni.

PER "LOTTARE" in amore bisogna essere in due.
Da soli non si lotta, si rincorre.

ALCUNI LEGAMI non sono stabiliti da una scelta.
Semplicemente ci si riconosce.

CHISSÀ cosa intendono quelli che dicono: "fai la cosa giusta" o "meriti il meglio". I sentimenti non dispongono di un libretto d'istruzioni.

TI ACCORGI che non erano solo parole quando quelle stesse parole non vengono più dette.

SE MI ALLONTANO è solo per far avere a chi osserva la consapevolezza che sono lo stesso che ha visto da vicino.

❧ SEI BELLISSIMA perché ami nella stessa identica maniera la neve di gennaio e il sole di agosto, o i capelli sciolti della sera che si preparano ad adagiarsi sul cuscino e la coda di cavallo che ti fai il sabato mattina quando ti appresti a sistemare casa.

Sei bellissima quando a un "grazie" ti sorridono gli occhi, e così ti lasci guardare il cuore, trasparente e pulito, perché la gentilezza per te non è mai scontata, e ci credi in quella fantastica magia che muove il mondo e rende in un attimo l'aria serena di una giornata appena trascorsa.

Sei bellissima quando a metà pomeriggio davanti allo specchio cerchi di leggere con i tuoi occhi increduli quel pensiero che fa fatica a uscire dalla testa, ma che trova via di fuga attraverso il sottile spazio delle tue labbra indifese, e sembra dire: "adesso abbracciami".

Sei bellissima quando ti riavvicini dopo che il dubbio e le incertezze ti avevano allontanata, e l'emozione torna a riaccendere il fuoco che sembrava ormai spento, e invece era lì che dormiva, come braci sotto la cenere che aspettavano impazientemente il soffio del vento di uno sguardo per tornare ad ardere.

Sei bellissima quando osservi il tuo pezzo di cielo al tramonto, e cerchi quella risposta alle tante domande a metà che la tua anima si pone. E così ti perdi tra le sfumature dei pensieri e gli spazi pieni dell'immaginazione, come una bambina che colora il quaderno dei disegni con la realtà dei suoi battiti.

Sei bellissima quando inciampi in una frase letta per caso, e ti rimbomba nella testa il consiglio di un'amica che assomiglia alle parole di una canzone sentita alla radio, come fosse un'iniezione di forza ed entusiasmo per aprire le finestre e far entrare un po' d'aria fresca al profumo di notte, quella brezza stellata che ti fa spostare lo sguardo verso un'altra prospettiva e ti permette di pronunciare in silenzio le tre parole più importanti di cui sentivi il bisogno: "Adesso si cambia".

L'INDECISIONE è già una decisione, solo che è talmente profonda che attende tempo per emergere in superficie.

SE UNA COSA TORNA vuol dire che non è mai andata via.
Se non torna, significa che non c'è mai stata.
Così con le persone.

QUANDO un sentimento sembra che ti sfiori, in realtà ti ha già attraversato.

EBBENE SÌ, fatevene una ragione.
Esistono persone che si emozionano con quello che per voi è niente, ma per loro è essenzialmente tutto.

AMA come se non ci fosse un domani, come se non ci fosse stato mai uno ieri, ma soprattutto ama come se ci fosse solo un oggi.

LE DELUSIONI sono aspettative che si sono perse, sbagliando strada.

MI PIACE la capacità che ha una donna di gestire con classe l'entusiasmo che genera negli uomini.
Ritengo sia di una sensualità raffinata.

SEI QUELLA CANZONE che cancella in un istante tutti i ricordi degli amori passati contenuti nelle altre canzoni.

SE ASCOLTI attentamente, nel silenzio è nascosta sempre una parola d'amore.

I VERI SUPEREROI sono coloro che offrono respiro ai battiti del nostro cuore e ci donano luce di entusiasmo agli occhi per osservare nella pienezza dei suoi colori la vita.

TOCCARE UN TRAMONTO, e sentire sottopelle tutta la natura che ti entra nel cuore.

Quando il giorno muore, l'anima del mondo diventa più trasparente agli occhi di chi sa ancora sentire.

TREMANO LE LUCI, al confine con il mare; ma non vogliono spegnersi.

È come se volessero fare compagnia alle stelle, che timide di tanto in tanto si affacciano dietro a una nuvola.

Il vento trasporta il silenzio della luna in ogni angolo di spazio, laddove l'anima è presenza.

Laddove tutto ciò è musica per l'intero Creato.

OGNI VOLTA che gli mancava il respiro si guardava attentamente intorno, come se volesse scorgere un indizio che potesse ricollegarsi a lei.

Perché lei era ossigeno per il suo cuore.

GLI OCCHI sono la voce della vita, sono custodi di profondi segreti e intime verità.

Prima di avere la "presunzione" di saperli leggere, dobbiamo entrare in possesso di quella rara umiltà che ci insegna ad ascoltarli.

L'EDUCAZIONE viene scambiata per debolezza solo dagli arroganti e da chi ha nei confronti dei valori un atteggiamento di diffidenza.

DIVENTARE ADULTI significa perdere quell'innocenza che caratterizza ogni uomo agli esordi della vita.

Crescere saggiamente, e quindi maturare, invece comporta riuscire a mantenere solida e intatta quell'innocenza.

Il segreto del "crescere bene" sta tutto qui: non perdere l'innocenza del bambino che si nasconde al riparo nel nostro cuore, nonostante le scottature che durante il percorso di vita ci costringono ad aprire gli occhi.

C'è una sottile, ma grande differenza tra diventare adulti e crescere.

SIAMO IN POCHI a portarci sempre dietro l'anima, anche quando varchiamo la porta di casa per uscire.

Siamo in pochi, ma siamo.

LA GENTILEZZA è una delle più potenti armi di seduzione che io conosca.

PERCHÉ LA MUSICA, se la sai davvero ascoltare, guarisce ogni cosa.
Come la più dolce medicina del mondo.

L'ORGOGLIO è una bestia che miete vittime perché non ti permette di correggere uno sbaglio, nonostante ti sia reso conto di averlo commesso.

NON SONO GLI ANNI che fanno crescere, ma le delusioni.
Ogni volta che una persona alla quale tieni ti tradisce, è come se compissi gli anni.

TRA SOGNO e realtà c'è solo uno strato di pelle che divide.

AMORE: cinque lettere in un alfabeto di emozioni.

STUPIRSI, sempre.
Credo sia l'ingrediente che, insieme alla curiosità, accende entusiasmo alla vita e le dona colore.

ALLA MEZZA REGINA di cuori preferisco il due di picche.

IL VERO AMORE si dimostra, non si esibisce.
Altrimenti è solo apparenza, ovvero l'illusione del riflesso del sentimento.

DIRE "IO CI SONO, sono ancora qua nonostante abbia conosciuto il peggio di te", prima di addormentarsi, è una delle "buonanotte" più protettive.

VORREI ESSERE quel numero che ti dicono quando ti "fischiano" le orecchie.

LONTANANZE che hanno la distanza di una canzone.

LA BELLEZZA dell'ingenua curiosità dei bimbi.
Loro lo sanno benissimo che a ogni "perché" c'è una risposta che non li deve deludere.

QUELLO DEL CREPUSCOLO è il momento di maggiore intensità nel quale le mancanze che contano non si pensano solamente, ma si sentono.

QUELLA SOTTILE differenza tra il dimenticare e il cercare di non voler ricordare.

LASCIARSI ANDARE.
Può avere due significati differenti completamente opposti.

NON SONO GLI ANNI ad aumentare la saggezza.
Ma gli errori.
E l'esservi sopravvissuti.

NON PREOCCUPARTI se un sogno si infrange, prendi tempo, riposa i tuoi polmoni affannati dalla corsa.
E quando il sereno equilibrio tra cuore e mente ti avrà raggiunto, soffia tutti i còlori della speranza dentro la meraviglia della vita, come se fosse una bolla di sapone.
Ti sorprenderai nel vedere un nuovo sogno varcare i cieli più azzurri, arrivando ad accarezzare perfino la schiena delle nuvole.

È CHE CI SONO momenti di felicità nei quali ti vorresti amalgamare con la persona che ami.

QUANDO c'è amore nell'aria si respira serenità ovunque.

LA VERITÀ, a volte, fa paura.
Ma emoziona sempre.

MA TI IMMAGINI se unissimo i nostri sorrisi?
Eh? Te lo immagini?

SE IL MONDO in cui viviamo sta andando a rotoli, e i rapporti umani diventano ogni giorno sempre più scadenti e basati sull'individualità e la diffidenza, è proprio perché va di moda usare le persone e "affezionarsi" agli oggetti, alle cose materiali.

Amando gli altri, amiamo noi stessi, perché l'amore è reciprocità incondizionata senza limiti.

LA VERA BELLEZZA di una donna, per definirsi tale, è come lo splendore di un'opera d'arte, non deve per forza essere visibile, ma deve trasmettere qualcosa che ti rimane dentro, soprattutto quando chiudi gli occhi prima di abbandonarti ai sogni della notte.

LA ROSA è l'immagine dell'animo immacolato di una donna: colora di vita le giornate, quando piange innaffia le sue paure; se la baci con l'ardore del sole ti donerà tutto il suo profumo, ma attenti a non offenderla, perché punge.

L'ASSENZA del senso dell'umorismo io la considero un handicap. Le persone che ne sono prive si perdono il lato più vero e leggero della vita.

L'ironia nasce per esorcizzare il dolore, è una sorta di autodifesa dell'uomo nei confronti del male presente nel mondo.

Però quando si è davvero felici il senso dell'umorismo è amplificato e viaggia sulle ali dell'entusiasmo.

OGNI TANTO osservatelo.

Ovunque voi siate, abbiate l'accortezza di alzare gli occhi per ammirare le emozioni che sentite quando state bene.

Lo dico per voi, credetemi.

Se guardate il cielo con gli occhi spogli di tutti gli anni che vi portate addosso vi sentirete meglio.

AL TRAMONTO, il pensiero più vero si stacca dalla mente e, abbandonando gli altri pensieri, scende fino al cuore dove rimbocca le coperte alla notte.

DOVREMMO dare più voce durante il giorno a quello che ogni notte, quando tutto tace, viene a letto con noi.

IL TRAMONTO è la pausa dei discorsi del giorno che si preparano al silenzio della notte.

CI SONO SORRISI che annullano le distanze create dal tempo, e colmano i vuoti dell'anima sfiorando i punti segreti dove nascono le emozioni.

È FATTO COSÌ il mio cuore.
Se non lo deludi, o non lo tradisci per davvero, continuerà a pulsare per te.
Perché vede oltre ogni leale bugia.

QUELLI COME ME aprono l'anima alle persone che hanno residenza prioritaria nel proprio cuore, come fa il cielo con lo sguardo di un peccatore, che accoglie l'essenza senza condizioni né ragioni.

LA SUA BELLEZZA si manifestava anche attraverso la sua assenza; si depositava tra le pieghe dei pensieri, nell'intervallo di tempo tra il cielo e il mare.
Era lì, che abitava lei.

RICORDA di non soffocare mai le tue emozioni.
Dai voce a ciò che hai nel cuore.
Questa è la lingua della felicità.

CI SONO troppe principesse vestite da guerriere, in attesa di spogliare il loro cuore alla felicità di un nuovo amore.

LA FELICITÀ è il riassunto della semplicità: il sorriso di un bambino, il vento che ti accarezza la pelle in un pomeriggio afoso che anticipa l'estate, l'abbraccio di chi ami che ti riconsegna al tepore di casa, un cielo azzurro, la fiducia riposta che non viene tradita, lo scodinzolio di un cane, una pizza da asporto assaporata in totale tranquillità.

La felicità è il risveglio dei sensi che accarezza la comprensione delle emozioni dopo il lungo inverno della pausa dei sentimenti.

SEI BELLISSIMA ora, quando sorridi pensando a quel giorno. C'era il sole che illuminava il cielo azzurro, ma dentro di te una tempesta scuoteva ogni corda della tua anima, soffiando come bora sul tuo equilibrio precario. Bastava poco, una parola in meno, forse, e tutto sarebbe rimasto intatto, integro, immutato. Invece hai dovuto raccogliere da sola i tuoi pezzi, quelle schegge taglienti come vetri rotti che ti hanno a loro volta ferita nuovamente. E sì, perché forse la gente non lo sa che una parola sbagliata detta male dalla persona "giusta" fa sanguinare il cuore. È peggio di un pugno in pieno stomaco.

Ma adesso è tutto passato, anche se i ricordi ogni tanto riaffiorano in superficie, come se fossero silenzi dormienti che inconsciamente, per il troppo caos interiore si svegliano. Hai imparato a nuotare nel mare in burrasca dei tuoi tormenti, non ti fa più paura soffrire, ma il timore di immergerti nuovamente in quell'abisso dell'amore dove spesso manca il respiro, ogni tanto ti fa perdere dentro te stessa, e in preda alla disperazione cerchi di distruggere tutto quello che la vita sorprendentemente ti offre: sogni, certezze, progetti, sicurezze, perfino quei cuori che hanno riprovato ad amarti con tutto se stessi.

Sei bellissima così, testarda, quando non ascolti nessuno anche se hai la consapevolezza che ti potrebbe aiutare, ma ti ribelli e rifiuti la mano di chi premurosamente te la tende.

Sei bellissima quando parli con la tua migliore amica, vi confidate i segreti sugli uomini e apparentemente siete d'accordo su tutto... guardate entrambe per prima cosa il sorriso, poi le mani, lo sguardo, il sedere, ma soprattutto come muove le tue fantasie e rimuove le tue incertezze, osservi i suoi silenzi e li riempi con i tuoi occhi pieni di stupore, perché sai benissimo che la cosa più importante che consideri in un uomo è come ti fa sentire: bellissima, importante, l'unica femmina da amare e bambina da coccolare.

I SUOI OCCHI amavano guardare lontano, oltre ogni confine, coprivano distanze comprese tra l'universo e l'infinito.

La sua bellezza si amalgamava con l'intero spazio dell'aria e aveva la magica capacità di avvolgere il mare come se fosse racchiuso all'interno di una luminosa bolla di sapone.

Anche se non sorrideva, era ancora più bella con i pensieri in equilibrio, appoggiati sulle labbra socchiuse quasi a formare un confine dove si reggevano con un piede immerso nella favola e l'altro sospeso sulla realtà.

Sognava, e non lo sapeva che così, con l'anima priva di veli, davanti ai suoi più profondi desideri, regalava importanza alla vita.

ANCHE LA RISATA ha il suo fascino.

Non è tanto la bellezza del sorriso in sé, bensì l'esatto tempo con il quale si riempiono le pause della vita, con una virgola sul viso.

"HO BISOGNO DI PARLARTI."

Credo che dopo il "mi manchi" e il "ti voglio", quando il desiderio nasce dal cuore sia una delle frasi più vere da dire a una persona alla quale si vuole bene, o si ama, semplicemente perché si vuole salvare il rapporto.

NON C'È miglior schermo sul quale vengono proiettati i nostri sogni, del finestrino di un treno in movimento.

QUANDO due menti si pensano profondamente con la forza del cuore, si toccano.

Le carezze di due pensieri che si toccano si sentono dappertutto, sulla superficie della pelle dell'anima, solleticano le pareti interne della pancia come fossero ali di farfalla in volo, e dissetano il cuore con la presenza, con quella meravigliosa voglia di esserci che rasserena anche i tramonti più sbiaditi.

APPENA apriva gli occhi al mattino il primo pensiero aveva il profumo del suo sorriso; solo così si accorgeva che in realtà, quegli occhi, forse non li aveva mai chiusi per davvero.

ALCUNI spettacoli che offre la natura ti prendono impreparato, come quelle sorprese che fanno vibrare il cuore e cavalcano il brivido sul dorso delle emozioni.

E ricordano sorrisi, limpidi e lucenti sorrisi, trasportati dalla musica del vento da un capo all'altro dell'altrove che volano liberi nello spazio, annullando distanze e confini.

Quei sorrisi, che a farne indigestione non sarebbe mai abbastanza.

Per il cuore, per la mente, per l'umore.

Per l'entusiasmo dell'amore.

I SOGNI sono come le principesse delle fiabe, non muoiono, si addormentano.

E per tornare in vita hanno bisogno del bacio che solo l'amore sa donare.

I SORRISI non sono mai "pieni", spesso nascondono cicatrici invisibili.

Ma la "metà" che sorride è sempre entusiasmata da una luce calorosa.

I SOGNI non son desideri.

C'è una sottile differenza: il sogno è il desiderio dell'anima, mentre il desiderio è il sogno della carne.

MI PIACE CHI, come un cielo all'alba o al tramonto, sa scaldare gli animi anche solo con il potere delle parole. Ha nel cuore l'amore, tutto l'amore che non è riuscito a donare; custodisce l'infinita bellezza di colori che brilla orgogliosa senza spegnersi mai, che ti entra negli occhi in punta di piedi senza bussare alla porta dei tuoi sogni. E si adagia lì, nella stanza più buia del tuo cuore, e la illumina, la scalda, la riempie.

Come fa il cielo con le stelle, o la luna con la notte.

Come fa il mare con la terra, o un sorriso con il viso.

Come fa l'amore con la vita.

TOGLIETE LA GIACCA e la cravatta ai vostri pensieri, andate oltre le apparenze.

AL TRAMONTO, quando il sole bacia la superficie del mare, le onde si agitano in una danza.
Come quando ci si ama.

NON PERMETTERE MAI a nessuno di cambiare ciò che sei per farti diventare quello di cui hanno bisogno.

AMMIRO chi trova sempre il coraggio di ringraziare e scusarsi.
Calca fiero le vie del mondo, consapevole solo di indossare una luce rara.

L'UMILTÀ non è sinonimo di fragilità, ma è un valore aggiunto.
L'umiltà è il miglior collante per rimanere davvero attaccati a se stessi.

UNA MAMMA, per diventare Mamma, deve mantenere sempre vivo il cuore di figlia.

TUTTO STO MARE, illuminato e reso vivo dall'argento di una luna che sorride alta in cielo, è sprecato vederlo con due occhi soli.

Così mi aiuto con la fantasia e prendo in prestito i tuoi occhi, che mi ricordano il fondale del mare e il cielo azzurro della montagna, allo stesso tempo.

Profondità e immensità con comune denominatore la limpidezza e la trasparenza.

Sì, stanotte indosserò i tuoi occhi "mare e monti", così domani mattina potrò descriverti i sogni che vedi.

OGNI VOLTA è sempre lo stesso spettacolo, ma le emozioni si rinnovano.

È come un amore che si rigenera, e lascia i residui nell'anima di chi ha vissuto il sentimento.

Ma l'amore non muore.

Rinasce, come il sole. Che finge di spegnersi nelle acque del mare, per poi risorgere e apparire di "sorpresa" qualche istante dopo, dietro a una montagna.

RIMANETE con i piedi per terra, che a inciampare su una nuvola è un attimo.

E a cadere da certe altezze il rischio di rimanere illesi è minimo.

FU COME UNA SORTA di distrazione, e in un attimo i loro sguardi combaciarono, divisi soltanto dalla pienezza di un frammento d'aria invisibile.

Non c'era distanza tra di loro, ma si avvertì unicamente la presenza di un innocente sentimento che riempiva quel vuoto.

Lei arrossì improvvisamente.

Sapete cosa vuol dire fare arrossire una donna?

Significa fare venire "a galla", in quello spazio protetto tra anima e occhi, la bambina che si nasconde dietro le incantevoli emozioni e i fragili timori che la vita ha meticolosamente temperato.

Per intenderci, quando una donna arrossisce, la bambina che è dentro di lei si sporge con tutto il cuore fuori dalla "tana", e offre al mondo il suo sorriso migliore.

LE PERSONE davvero forti si fanno scudo con le loro debolezze.

LA FOLLIA, quando è sana, aiuta a mantenere intatto il nostro equilibrio.

BISOGNA stare attenti quando si desidera a tutti i costi riempire un vuoto.
Spesso si incorre nell'errore di colmarlo con un altro vuoto.

LE MIGLIORI RISPOSTE alle domande della vita si ottengono vivendo improvvisando.

QUANDO ASPETTI davvero una persona vieni catapultato in una dimensione senza tempo.
L'unità di misura non è più il secondo, ma l'emozione.

CHI SA osservare il silenzio, vede cose che gli altri non sentono.

SEI BELLISSIMA quando le tue emozioni ti trasportano in dimensioni nuove, quasi come fossero un attraente e indispensabile richiamo dentro al quale cerchi in ogni modo di sgattaiolare dalla noia.

Tu, che ti senti inadatta e fuori posto ovunque non riesci a essere te stessa, e ricerchi costantemente rifugio in un tempo formato da barche che non lasciano il porto e rondini che volano in cieli d'autunno, adesso hai ritrovato il sorriso.

Sei ritornata a essere bellissima, perché in compagnia dell'amore che proteggi segretamente nel cuore riesci a sentirti bene in qualsiasi luogo appoggi i tuoi occhi.

Perché ogni angolo di spazio, insieme all'amore, è sempre casa.

NON TUTTE le maschere sono uguali.
Spesso se ne indossa una per nascondere le proprie fragilità.
E non è ipocrisia, ma protezione.

IL TEMPO è come il sonno, quando si perde non lo recuperi più.
Ma ti insegna una cosa fondamentale: a dedicarlo a chi veramente merita.

RIDE BENE chi ride insieme alle persone che ama, non chi ride ultimo.
La risata va condivisa, e ridere da soli sa di una tristezza infinita.

IL CORAGGIO è galantuomo, non annulla la paura.
La mette un momento dietro di sé e le dice: "Vado avanti io".

LE PERSONE non cambiano, ma la loro vera essenza si manifesta col tempo.
Non ci si allontana mai da se stessi, se non si conosce la strada del ritorno.

IMPARARE ad ascoltarsi.
Questo è il segreto.

LE EMOZIONI si percepiscono ancora prima di vederle, è la legge della natura: cieche come l'embrione nel grembo cullato dalle onde materne, sordo nel silenzio della vita futura che lo attende.

NON SIAMO altro che attimi di eternità, fotogrammi impressi sulla pellicola di questo immenso spettacolo che è la vita.

IN UN ABBRACCIO sono nascoste molte parole profonde, ma le più belle sono:
"Non ti preoccupare, ci sono qui io a proteggerti".

LE LACRIME te le asciuga solo chi te le ha fatte versare.
Tutti gli altri le accarezzano.
Così le ferite.
Le rimargina solo il soffio dell'amore.

NON SEMPRE chi va via crea spazio, a volte chi se ne va dà origine al vuoto.
E se lo spazio si riempie con qualsiasi cosa, per il vuoto non basta chiunque.

IL FASCINO che risiede in una donna sincera è ineguagliabile.
Dev'essere un fattore legato alla sua natura, di coerenza.
Procreare è verità.

NOI OSSERVIAMO il mondo attraverso gli occhi del nostro cuore; riponiamo fiducia negli altri perché siamo i primi a non tradire la fiducia altrui quando ci viene riposta.

Noi, quando veniamo delusi non cambiamo, anzi, spesso incombiamo nello stesso errore, non per ingenuità o per deficienza, ma per natura.

Perché non è possibile tradire l'amore che ci ricopre l'anima di emozioni quando andiamo in direzione della volontà del nostro cuore; perché non possiamo fermare la danza dei battiti di quei cuori che trasformano in musica anche l'aria che respirano.

Perché tutto si può negare di questa esistenza, tranne il pensiero della nostra coscienza.

LA PAZIENZA è l'attesa di tempo dal momento in cui una donna percepisce il desiderio di maternità al realizzarlo diventando mamma.

ONORE a chi cerca di fermare il tempo.
Non sempre ci riesce, ma ti rimanda per un istante in quell'angolo della memoria chiamato ricordo.
E per quell'attimo rivivi alcune emozioni, come se non fossero mai morte.

L'ANIMA non ha età, non abita un luogo preciso.
Lei vaga libera in un tempo indefinito senza spazio, orgogliosa della sua purezza.
E spesso usa la musica per viaggiare.

GLI ARTISTI sono un po' tutti animali notturni.
Quando i riflettori della luce del giorno si spengono, illuminano la notte con la loro arte.

ESPRIMERE le proprie emozioni aiuta a viverle.

SE L'ULTIMO pensiero prima di andare a dormire combacia
con il primo al risveglio... beh, allora sei "fottuto".

HO SCELTO TE, perché in un mondo dove la verità è considerata fuori moda, tu testardamente la ricerchi, e cerchi in ogni situazione di indossarla in quanto la consideri il vestito migliore con il quale passeggiare sul lungomare della vita.

Ho scelto te, perché ti hanno fatto credere di non sapere amare, invece ancora non sai quanto amore sei capace di dare, non solo con il sentimento.

Ho scelto te, perché quando i tuoi occhi si interrogano tra i dubbi del silenzio e i perché della realtà brillano pieni di luce della presenza.

Ho scelto te, perché sei l'unica che mi fa perdere la pazienza con la stessa velocità con la quale si fa perdonare.

Ho scelto te, perché sai distinguere i sognatori dagli utopisti, i coraggiosi dagli incoscienti, gli originali dagli eccentrici, i silenziosi dai taciturni, ma soprattutto sai riconoscere i sinceri dagli adulatori, perché la tua anima è composta con la stessa sostanza di cui si nutre il sentimento dell'amore.

Ho scelto te, perché ci sono numerose donne alle quali posso dedicare una canzone, una poesia, o addirittura un libro. Ma dedicare tutta la mia vita è un'altra cosa e a quella "cosa" assomigli molto tu.

Ho scelto te, perché anche se non ho mai avuto difficoltà a trovare donne con cui stare, il mio problema, prima di te, era trovare una donna con cui restare.

Ho scelto te, perché mi hai insegnato che quando ami qualcuno gli dai sempre più di quanto abbia bisogno realmente e mai meno.

Ho scelto te, perché se chiudo gli occhi e ascolto la tua voce sento le onde del mare che accarezzano gli scogli, come fai tu, quando solletichi il cuore con le tue note.

Sei la voce del mare, dove mare non c'è.

SEI L'IMPROVVISAZIONE che va fuori dal copione, l'emozione di un bacio rubato che ci incatena alla vita, e lascia ai margini del mondo tutto il resto.

A VOLTE mi sento come il tramonto, cancello dalla tela dell'anima il giorno per dipingervi sopra la notte.

COSTRUITE ponti per avvicinarvi, non impalcature sulle quali posare maschere.
Siate persone, prima che personaggi.

IL PENSIERO è il mistero più intimo che l'uomo possiede. Ecco perché lo doniamo solo a chi, per noi, rende la vita speciale.

LA RISPOSTA è racchiusa nella domanda che si pone l'anima al tramonto.

SE NON SAI cosa mettere indossa la mia anima, amore. È calda e avvolgente, ti proteggerà dalle intemperie della vita.

LE ANIME come la mia hanno visitato l'inferno passando dalle porte del paradiso.
Hanno soggiornato nel male, ingannate da maschere del bene.

EPPURE, a volte, basta un semplice sorriso per sentirsi vicini.

COSTRUITEVI un letto della vita sereno: la felicità ama riposare adagiata sulle lenzuola della serenità.

SI ERA CREATA così la sua anima, un composto di quegli indescrivibili frammenti di semplicità che custodiscono i battiti dei cuori più sinceri, un insieme di racconti sbiaditi dal tempo che i nonni amano tanto narrare ai nipoti nelle fredde sere d'inverno davanti a un camino.

Un'anima che amava proiettare sull'infinito schermo del cielo l'immagine intensa del suo riflesso, dentro il quale si aveva come l'impressione che tutti i colori fossero stati risucchiati nell'arcobaleno del suo cuore, offrendo al bianco e nero la candida consapevolezza di essere davanti a una tela immacolata sulla quale avevano origine universali emozioni.

Dentro ai suoi occhi era custodita la luce più intensa che generava l'emozione suprema che la vita potesse offrire.

Da lì partiva tutto.

La sua bellezza nasceva proprio in quei bagliori d'anima, e sfociava come un fiume nel mare immenso della realtà, sfiorando ovunque lo sguardo di qualsiasi essere vivente potesse trovare rifugio.

Un'anima infeltrita dalle anguste cadute e sbucciature sulle ginocchia del cuore, proprio come uno di quei maglioni di lana che il tempo non invecchia, dentro al quale è ancorato l'affetto dei ricordi dove la vita ci trova sempre impreparati al distacco.

QUELLO CHE vede il cuore non ha bisogno di occhi, ma di silenzio.

L'INDIFFERENZA, a volte, è la risposta di chi non ha il coraggio di prendere una decisione.

MI INNAMORO di tutto ciò che incontrano i tuoi occhi.

LE EMOZIONI ci salveranno.
Bisognerebbe imparare solo ad ascoltarle e a riconoscerle, anche in mezzo alla confusione della quotidianità.
Perché le emozioni sono la guida più sincera che ci accompagnerà sempre nel viaggio verso la verità.

IL VERO "mi manchi" va taciuto.

IL CUORE sente quello che l'occhio non vede.

LA BELLEZZA del suo sorriso baciava l'anima, non di chiunque, ma di chi un'anima la possedeva e l'adoperava per osservare con gli occhi del cuore tutto lo splendore e la magnificenza che circonda la nostra esistenza.

Il suo sorriso baciava l'anima e accarezzava il cuore di chi cercava di individuare il respiro della vita anche dov'era difficile o quasi impossibile riconoscerlo, nei momenti di tutti i giorni.

Era bella.

L'aveva pensato dal primo momento che i loro sguardi si erano incontrati, ma glielo confidava solo adesso, come una sorta di conferma.

Perché tutte le cose vere, e quindi belle, hanno bisogno di essere dimostrate nel tempo, in quanto la vera bellezza giace in bilico tra uno spazio indefinito dove la realtà sfiora la fantasia e viceversa.

E così era la sua bellezza: annullava il tempo e trovava conferma nella poesia.

MI FIDO solo delle persone con le quali ho litigato e il legame non solo è sopravvissuto, ma si è rafforzato.

I rapporti senza maschere mi rendono tremendamente me stesso, e mi permettono di vivere pienamente a mio agio la vita.

IL CIELO è il migliore interprete dei nostri stati d'animo, dipinge sempre luci ed emozioni nel selvaggio spazio del suo libero quadro.

IL "BUONGIORNO" migliore ti sveglia sempre con il profumo di chi porti nel cuore.

LA TUA ANIMA è il cuscino più comodo sul quale il mio cuore si sia mai adagiato.

ADORO i panorami.

Amo lasciare spazio tra me e le cose che osservo, mi aiuta a riempire quello stesso spazio di ciò che vedo soltanto io.

Forse è questo il segreto della bellezza dei panorami.

SE GUARDI BENE, in un tramonto puoi leggere le parole scritte nell'anima delle persone che custodisci nel cuore.

Anche a migliaia di chilometri distanti, ma raccolte in un'unica emozione.

❤ SEI BELLISSIMA quando ti specchi nella vetrina di un negozio e ti accorgi che stai crescendo, ma non sei cambiata. Forse le persone ti vedono diversa, ma tu sei sempre la stessa, in realtà è la vita che ti ha reso una donna nuova, più consapevole, più coraggiosa, più forte, ma sempre sognatrice e sentimentale.

Sei bellissima quando ti stacchi da terra e con le ali dei tuoi sogni spicchi il volo fino a raggiungere le nuvole, e viaggi al di sopra delle malelingue, abbandoni ogni paura, più in alto di ogni dolore e cattiveria, perché hai negli occhi il riflesso dell'amore per la vita.

L'AMICO è quella persona preziosa che ti sta accanto e ti sostiene quando tutto il peso del mondo si trasforma nella parola solitudine.

A VOLTE vorrei avere gli occhi di un bambino.
Non che i miei non mi piacciano, anzi. Sono solo stanco di vedere il marciume che c'è nel mondo.

È TIPICO delle anime scheggiate: spesso si feriscono con i loro stessi frammenti taglienti.

SOLO alla natura è concesso ostentare la sua invalicabile bellezza.

CI SONO anime che le senti, anche da lontano.
Toccano punti invisibili di pensiero dove nessuna mano era mai arrivata prima.

LA VERITÀ è che tutti abbiamo bisogno di aiuto.
Ma la realtà rivela che sono in pochi quelli che lo chiedono, e in tanti quelli che non lo danno.

SE IL MIO PENSIERO per te fosse un fiore, sarebbe una splendida rosa che ha dentro il mare come sapore.

PER CHI HA CUORE, scordare è impossibile: la memoria emotiva dura tutta la vita.

CI SONO esperienze che insegnano, ma con il senno di poi quanto avrei voluto restare ignorante.

CORTEGGIA la donna che ami, falla sentire importante, costantemente al centro dei tuoi pensieri durante le tue attività quotidiane, accarezzale i suoi vuoti con la tua presenza e lasciale il tempo da dedicare ai suoi spazi senza interferire o sembrare invadente. Falla sorridere, ricoprila di tante piccole attenzioni, distraila dai pensieri cattivi che ogni tanto la vita le mette davanti, e spogliala dalle sue paure che porta addosso per proteggersi dal dolore: diventerai la sua corazza, non la deludere mai, solo così non avrà più bisogno di indossarla.

Continua a corteggiarla anche dopo averla conquistata, per darle modo di comprendere che entrare nella vita della persona che ami non è una semplice conquista, ma è una rara opportunità da valorizzare e rendere unica.

Regalale una rosa in un giorno che la vedi malinconica, quando i pensieri dei perché della vita la assalgono. Non aspettare il suo compleanno o una ricorrenza particolare: falla rinascere tu, ogni giorno sempre più bella e sorridente, restituiscile luce agli occhi, perché forse ancora non lo sai, ma in quel sorriso che rende profondo ogni suo sguardo risiede il più autentico segreto della tua felicità.

SPESSO, all'interno di un sorriso nascondiamo timori e paure, angosce e delusioni, sogni infranti e speranze.

Non feriamo chi ci apre la soglia dell'anima facendoci entrare attraverso la porta del suo sorriso.

OGNI DONNA ha il dovere nei confronti della vita di sentirsi come la rosa più speciale che nel giardino del mondo potesse mai sbocciare.

CONSIGLIARE bagni di umiltà è rigenerante, soprattutto a certi finti personaggi.
Ovviamente sperando che non sappiano nuotare.

IL TEMPO smaschera sempre chi in qualche modo ha trovato il modo di calpestare la tua dignità.
C'è una selezione naturale che accomuna chi avrà l'onore di far parte della tua vita, che viaggia sui binari della sincerità.

TI AUGURO che nel silenzio tu possa sempre sorridere.

I NONNI sono un patrimonio mondiale dell'umanità.
Abbiamone cura, impariamo da loro: hanno tantissimo da insegnarci, anche quando non parlano. E soprattutto rispettiamoli, perché il coraggio che hanno loro è da esempio per tutti.

LE EMOZIONI non hanno tempo, rimangono sospese a metà spazio tra lo ieri e il domani. E te lo insegna l'amicizia vera, ogni volta che la incontri è come se vivessi sempre l'oggi.

LA SOFFERENZA che ha patito una persona è sempre impressa nella lettura tra le righe del suo sorriso.
Il cuore non invecchia con le rughe del tempo, ma con i dolori delle delusioni.

MI INNAMORO dei sorrisi.
Mi innamoro di quei sorrisi che riflettono nel sole, suggerendo agli occhi il profondo significato della bellezza della vita.

QUANDO la poesia si incontra con la realtà dà origine alla favola.

BUONGIORNO.

Buongiorno agli occhi ancora colmi di sogni e al ticchettio malinconico della pioggia che, per diventare musica, dovremmo stringere in un abbraccio chi amiamo.

Buongiorno ai capelli in disordine come i pensieri veri del cuore, alla distanza che separa due corpi ma che avvicina due anime.

Buongiorno a chi aspetta un sorriso ricambiato, un bacio desiderato, una parola di conforto, un abbraccio d'affetto.

Buongiorno alla verità, madre di vita.

Buongiorno alle parole incastrate nel cuore che aspettano di essere disinnescate da un gesto, anche piccolo, dalla persona che le ha fatte nascere.

Buongiorno ai silenzi che parlano e non confondono, alle attese passionali che profumano di rivincita, e ai chiarimenti che alleggeriscono il peso dell'anima.

Buongiorno a chi non usa strategie, a chi non bara, ma gioca onestamente.

Buongiorno a chi ha i polmoni stanchi, che hanno solo voglia di respirare aria limpida e serena.

COS'È L'AMORE?
L'amore è quando la vita ti mostra la sua faccia più vera.

LA MIA ombra farà da tappeto per i tuoi passi.

HO NEGLI OCCHI il tuo sorriso.
Nelle braccia la tua anima.
Ma dentro al cuore custodisco tutto l'amore degno di ospitare l'intera immensità del mare.

ASCOLTA il tuo cuore, ti indicherà la strada da percorrere.
Per due cuori sinceri che si uniscono non ci sono bivi.

L'INTELLIGENZA attinge la sua essenza dall'amore.
Qualunque azione o pensiero che non abbia quell'intenso
e magico profumo di cuore è quasi sempre da definirsi diversamente intelligente.

IL SILENZIO ci spoglia, rende nuda ed evidente ogni nostra
sensazione, quasi come se fosse la cartina tornasole delle nostre emozioni. Se riusciamo a vestirlo anche solo di un sorriso, abbiamo vinto.

IL TEMPO è un'invenzione dell'uomo per catalogare i momenti di vita, ma tutto quello che attraversa la pelle e va in profondità depositandosi sul fondale del cuore non si misura in secondi, bensì in battiti. E nei battiti sono contenute tutte le emozioni più intense che la vita ci ha regalato.

CREDO che il sorriso di una donna sia la "benzina" per alimentare l'entusiasmo nei confronti della vita di un uomo, e di conseguenza se una donna sorride anche l'uomo verrà contagiato e investito da quel sorriso.

È STUPENDO credere in qualcosa che nella realtà comune "non esiste", ma che dentro di noi c'è, vive, a dispetto di tutto e di tutti. Qualcosa che abita uno spazio segreto, nascosto, adagiato su un cuscino di serenità, che accende i sogni e alimenta la fantasia. Qualcosa che aspetti con trepidazione, che ritaglia i tuoi intervalli di tempo e li riempie di speranza.

Essere bimbi significa anche questo: tenere sempre la porta del cuore socchiusa per far entrare luce, direzionando lo sguardo affacciato costantemente sulla finestra della felicità.

LE PAROLE, quando hanno il peso dell'anima, arrivano, e si depositano in uno spazio a noi quasi sconosciuto che non vediamo, ma sentiamo. È solo allora che sorprendentemente ci accorgiamo davvero della sua più profonda esistenza.

LE ESTATI che senti dentro hanno il potere di colorare anche i più freddi inverni.

È DENTRO al silenzio che si nasconde la vita vera, quella composta dalle emozioni che ci solleticano lo spirito, regalandoci l'entusiasmo di vivere.

La vera bellezza risiede nell'apprezzare il "nulla" e questo si manifesta e acquisisce consapevolezza quando ascoltiamo il nostro silenzio.

I REGALI più belli fanno vibrare il cuore, e lo conducono sulla strada delle emozioni.

LA COSA PIÙ BELLA da dire a una donna non è composta da parole.
  Ma è uno sguardo.
  Occhi che leggono il suo dolore e la colmano d'amore.

NESSUNO, come il cuore, conosce la strada che arriva alle emozioni, quella che agli occhi della mente è cieca.

SEI BELLA, come il ricordo di un'emozione che hai vissuto da bambino che ti viene a trovare in sogno.

SIAMO IMPOTENTI di fronte al tempo che scivola inesorabilmente; a noi non rimane altro che racchiuderlo dentro l'ampolla del ricordo.

BISOGNEREBBE sempre trovare il motivo per iniziare la giornata con il sorriso.
Rovistando nei pensieri del mattino, troveremo il pretesto.

NON SOTTOVALUTATE mai l'importanza della sensibilità; è la salvezza dell'umanità, in quanto chi ne è "affetto" vive una vita sentendo sue altre mille vite.

I DETTAGLI fanno mettere a fuoco l'essenza, quelle sfumature che abitano il silenzio e danno voce alle parole che la vita nasconde tra le pieghe dei suoi misteri.

IL SUO SORRISO solleticava le pareti del cuore di un mondo in cui cercava lo stesso amore che donava in un abbraccio la vita. Nei suoi occhi soffiava il vento della passione, brividi caldi che aprivano le ali ai pensieri e li faceva vagare oltre il cielo.

È LA TENEREZZA del cuore che rende visibile la vera bellezza dell'anima.

SEI BELLISSIMA quando chiudi gli occhi e voli via con la fantasia del tuo entusiasmo verso mondi nuovi e in città dove le strade non hanno un nome. Poi togli le cuffiette dalle orecchie e ti accorgi che quegli occhi, forse, non li hai mai chiusi per davvero perché sono quelli che permettono al tuo cuore di vedere l'invisibile.

Sei bellissima quando chiacchieri con chiunque ti incontra, sembri così sicura, appare tutto troppo semplice, e invece dentro hai un caos, un firmamento di stelle che ballano al ritmo dei tuoi battiti ribelli. E ti ritrovi la sera, da sola, a parlare con te stessa e hai domande che non sanno da dove iniziare a riordinare quei sentimenti ostinati, troppo veloci, quasi invadenti che ritrovi sotto forma di verità ovunque tu provi a rivolgere lo sguardo.

Ma sei ancora più bella, perché sai chi vuoi essere realmente, sei a conoscenza della strada da percorrere che ti porta dove vuoi arrivare, perché non ti accontenti, una come te è esagerata e non la fermi... come il mare, che si muove a ritmo perpetuo e le sue onde gli ripetono ogni momento: "Andrà tutto bene".

IL SORRISO di una donna è la musica che copre i rumori del traffico della vita, e dona ali per far volare insieme, mano nella mano, sensazioni ed emozioni.

A CHI, se non al mare, affidare questo mio pensiero vagabondo che tra coriandoli di vento e solitudini di spazi galleggia come un naufrago tra i sentimenti della vita?

A chi, se non alla speranza del silenzio, confidare le verità di una lacrima che scorre nelle vene?

Come un'emozione, ti aspetto.

SE NON HAI mai odiato almeno una volta la persona che ami, non è vero amore.

Per amare realmente una persona devi anche averla "odiata" almeno una volta, ovvero devi aver conosciuto quella faccia della stessa medaglia che fa scaturire energia pura, quindi amore. Non si può amare il sole solo perché scalda, ma perché hai conosciuto il freddo gelo della notte.

Solo allora avrai la reale consapevolezza di amare.

A VOLTE la differenza tra sogno e illusione è apparentemente impercettibile, ma c'è un modo semplice per individuarla: quando ti avvicini, se ti viene incontro hai davanti un sogno, se invece si allontana è solo un'illusione.

QUANDO una persona ce l'hai dentro, è ovunque.

Dentro una canzone, dentro un raggio di sole, dentro un cielo azzurro, dentro il sorriso di un bambino, dentro lo scodinzolio di un cane, dentro un sentimento, dentro una lacrima, dentro le pareti del cuore.

Dentro.

Dentro un giorno qualunque, dentro il ticchettio di un orologio, dentro una calza a rete smagliata, dentro a un morso di una mela, dentro lo sguardo di un passante.

Dentro.

Dentro un pensiero leggero, dentro la carezza di un'onda del mare, dentro il fondo di una tazzina di caffè, dentro un rigo di un libro, dentro un tramonto senza fine, dentro un ricordo mai dimenticato, dentro il sapore di un bacio sbiadito, dentro l'infinito di un abbraccio.

Dentro un nodo che soffoca la gola.

Dentro.

Dentro l'anima della speranza, e da lì non va più via.

AMO LE DONNE.
Quelle che amano la vita con intensità infinita.

Non quelle che pretendono che devono piacere a tutti per forza.

Le donne che amo io rinascono ogni mattina più belle e più forti di prima, come una rosa di un giardino dopo una notte di tempesta. Portano addosso invisibili cicatrici che non espongono, ma nemmeno nascondono, sta a un uomo saperle individuare e soffiarle via.

Hanno la capacità di guardarti dritto negli occhi, non abbassano lo sguardo, anzi, pretendono il tuo.

Non ti dicono che a te ci tengono, ma te lo fanno capire, anche facendo parlare un "maleducato" silenzio.

Non hai alternativa, se non quella di ascoltarle.

Stimano il tuo cuore, hanno la totale consapevolezza che la tua testa dimora proprio nella scatola cranica, ed è per questo che ti desiderano.

Non scappano di fronte a un'incomprensione, ma cercano di capire, di comprendere anche la profondità di una fragilità che si maschera dietro una parola rabbiosa o un comportamento dubbio.

Amo le donne che possiedono la magia di pensare che tutto si possa risolvere.

Quelle che nel mezzo di una favola si sentono principesse, e se perdono la scarpetta e ti trovano a ballare con un'altra non ti aspettano, ma te la tirano in fronte.

Quelle con le quali puoi osservare un cielo stellato, o immergerti in un tramonto, in silenzio, parlare di abissi o banalità e farci l'amore, da uomo e da maschio.

Amo le donne che mettono in circolo il profumo della loro anima. È come se scoprissero la loro parte più intima, quella riservata solo all'uomo che è ancora capace di sentire attraverso gli occhi del cuore.

Sono le stesse donne che percepiscono che, quando ti accolgono tra le loro braccia sei a casa, e non hai più bisogno di essere altrove.

Donne intelligenti perché hanno l'anima simile a quella del mare, delle sue onde che si muovono in un'eterna danza, e non le fermi.

Come l'amore che provano.

CHE BELLE le persone che mettono in luce i propri difetti, ancor prima di far conoscere i propri pregi. È come se dicessero al mondo: "Ecco, questa è la mia parte peggiore, se i miei pregi saranno in vantaggio rispetto ai miei difetti saprai apprezzarmi e amarmi veramente".

CELIAMO TUTTI una parte intima del nostro carattere, quella parte di cui andiamo maggiormente gelosi, con la speranza che un giorno arrivi qualcuno a cui mostrarla senza pudori né tabù, qualcuno che comprenda e accetti il nostro essere più profondo, qualcuno a cui donare tutto se stessi.

Qualcuno da amare, e farsi amare.

Incondizionatamente.

IL PENSIERO è l'alfabeto muto dell'amore.

DATE FORMA ai pensieri del cuore attraverso tutto l'universo che l'anima sente.

Vivrete eternamente il Natale, la Pasqua, l'8 marzo, l'anniversario della vostra nascita.

Vivrete tutti i giorni la vita.

ONDE E VENTO: erano le uniche meraviglie che riuscivano a pettinare l'equilibrio della sua dolce anima arruffata. E al tramonto, tutti i colori dell'amore si dipingevano sul bagnasciuga dei pensieri, creando un cammino di infinita e straordinaria bellezza.

Come il contatto tra cielo e mare.

CI SONO momenti che dimenticano il tempo, e lo collocano in uno spazio delineato soltanto da eterne emozioni.

SUL CUSCINO dove giace l'amore non ha mai riposato l'indifferenza.

I TRAMONTI sono come le canzoni, hanno la forza di spostarti con il corpo e con la mente nel posto dove sei già con il cuore.

IL SILENZIO è l'habitat naturale delle emozioni.

I SORRISI migliori non mostrano i denti, perché trattengono nel loro interno tutta la libertà del vento di un cielo azzurro.

A VOLTE viviamo per far riemergere il ricordo di quell'abbraccio che in un attimo accende il tepore della serenità, come legna che arde in un camino, e ti fa tornare con il cuore a casa.

NELLA BELLEZZA di un sorriso che si allinea con gli occhi pieni d'emozione c'è entusiasmo di vivere presente, dolore passato e sogni futuri.

LA VITA assume tonalità di colori inattesi, se riflessa nel sorriso di un bambino.

LA NOTTE fa luce sulle nostre ombre.

NULLA COME il fruscio del mare dà voce al tuo sorriso.

LA BELLEZZA di una donna si vede dall'amore che riceve e assorbe la sua anima, amore che si specchia a sua volta attraverso luce nei suoi occhi e si materializza, infine, sotto forma di sorriso.

POSSIAMO "dimenticare" tante cose, anche quelle che ai nostri occhi sono ben visibili, ma faremo sempre fatica a non ricordarci di tutte quelle sensazioni ed emozioni che hanno toccato punti invisibili interiori che ci hanno fatto scoprire il vero significato del verbo "sentire".

L'AMORE ha come unità di misura l'infinito.

SEI TUTTE le emozioni racchiuse dentro a un cuore che la mia fantasia immaginava quando sognava l'amore.

SONO CONVINTO che il tesoro più ricco della vita che un uomo e una donna possano realmente possedere sia un figlio.

A VOLTE vorrei essere come il tramonto, capace di vedere dentro le emozioni del cielo.

ABBIAMO bisogno di sorrisi sinceri da condividere con le persone che amiamo.

Abbiamo bisogno di essere amati nel modo in cui si amerebbe, soprattutto nei momenti bui, non solo quando splende il sole.

Abbiamo bisogno di credere alle persone che hanno lottato per stare insieme, perché incontrarsi e stare bene è facile, ma è combattere e stare insieme che è difficile.

Abbiamo bisogno di credere alle persone che litigano e hanno il coraggio di abbandonare il proprio orgoglio per chiedere scusa, per darsi un abbraccio e tornare a guardarsi come prima.

Abbiamo bisogno di credere alle lacrime di chi ha pianto e ha creduto di essersi perso e invece si è ritrovato più forte di prima.

Abbiamo bisogno di trovare il coraggio di dire la verità.

Che sia un "ti amo", un "addio" o un "vaffanculo".

Abbiamo bisogno di essere quello che siamo dentro.

Abbiamo bisogno di toglierci le maschere che indossiamo per difenderci, che ci fanno da scudo per proteggerci dalle persone che si sono approfittate di noi in passato e che abbiamo il timore di rincontrare sotto altre sembianze mimetizzate in altre vesti.

Abbiamo bisogno di riconoscere quanto sia preziosa la felicità che è racchiusa in un attimo. Perché un attimo può durare il tempo di un lampo, ma a volte resiste per tutta l'eternità.

Abbiamo bisogno di comunicare esclusivamente a cuore aperto, in maniera autentica, perché troppe parole di circostanza confondono e lasciano dubbi.

Abbiamo bisogno di stringere la mano al prossimo, per far sciogliere con il balsamo della solidarietà i problemi, per così accorgersi che viviamo un po' tutti le stesse scocciature, indipendentemente dal colore della pelle, dalla classe sociale, dal sesso, dall'età, dalla religione.

Abbiamo bisogno di essere abbracciati dentro, per far allontanare quella solitudine invisibile che solo in pochi vedono.

Di questo abbiamo bisogno.

Perché io amo il contatto con le persone.

Vado d'accordo con quelli che non rinnegano le loro origini, il loro punto di partenza, qualsiasi meta raggiungano.

Mi piace chi conquista e difende il suo spazio, ma non pone barriere e distanze tra sé e gli altri.

Ci sarà sempre qualcuno che proverà a convincerci che nella vita ci sono cose più importanti dei sentimenti, dei legami, delle emozioni.

Diffidate di queste persone, credete solo al vostro cuore.

Io l'ho sentito, l'ho ascoltato e ho cercato di tradurre il suo pensiero in parole: se ti spogli di ogni vizio e distrazione, rimane solo l'amore.

AVEVA IL SORRISO che brillava come la luce di una stella contemplata su di una spiaggia in una ventilata notte d'estate. E il bello delle stelle è che non le spegne neanche il vento, anzi, più soffia, più si illuminano, più sono lontane, più scaldano, più le fissi, più pulsano battiti di vita.

Ecco svelato il mistero di quel sorriso: era composto da polvere di stelle e scintillii di raggi lunari che addomesticavano l'incresparsi delle onde del mare.

Nulla più.

Per ogni suo sorriso, in cielo si accendeva una stella.

INSEGNA a un salice a sorridere e anche il cielo sorriderà.

LA COMMOZIONE è l'orgasmo di un'emozione.

FINCHÉ la voce del pregiudizio aleggerà dentro l'anima delle nostre coscienze, la polemica sarà circoscritta da confini sociali e non avrà mai fine.

SIAMO ABITUATI a essere attorniati da così tanta ipocrisia che quando incontriamo una persona sincera spesso la confondiamo per impostore.
Come se la sincerità offendesse.

RISPETTO, presenza, onestà, protezione, sincerità, priorità, comprensione, complicità.
Sì, è il prendersi cura che fa la differenza.

AGLI OCCHI basta un sorriso per fare discorsi bellissimi.

A VOLTE le cose più importanti della vita ci vogliono anni per costruirle e un attimo per distruggerle.

Altre, invece, nascono in un attimo e durano un'eternità.

Abbiate cura di non distruggere l'essenza, altrimenti vivrete una vita costruita sulle basi di una moltitudine di apparenze.

TU HAI L'ANIMA che racchiude in un istante tutto il profumo di un campo di lavanda.

SEI BELLISSIMA quando nei pensierosi frammenti di una giornata il tuo sguardo per un attimo si volta indietro, verso quel passato opaco dal quale le ferite delle tue delusioni tornano a galla come bolle di sapone mai scoppiate. E cerchi di sorridere a quegli errori che ti hanno insegnato a indossare la più profonda essenza della felicità, ma soprattutto hai imparato ad amarti e a conoscerti, passionale, vera, consapevole, migliore.

Sei bellissima quando provi a nascondere agli occhi della vita una delle tue tante incertezze che detesti, ma la sensibilità di chi ti vuole davvero bene vede e sente quel tuo fragile stato d'animo che si infrange sopra l'imbarazzo dei tuoi demoni interiori, e ti scalda, come solo la comprensione è capace di fare, dentro l'abbraccio più desiderato e atteso da sempre, quello che ti riporta a casa.

Sei bellissima così, con i tuoi tagli sottopelle sempre aperti che si specchiano sotto il cielo di una notte buia che illumina tutto l'amore che conservi nel cuore.

LA MUSICA non ha colore, ma colora di entusiasmo la città, l'umore, la giornata.

È invisibile agli occhi, ma non alla pelle del cuore, che sente le vibrazioni e le trasforma in emozioni.

La musica non si sente bene che col cuore, perché è il veicolo prediletto sul quale ama viaggiare l'anima.

SIAMO LUPI che sentono la grandezza dell'umanità dentro un istante di solitudine.

COME STAI?

Con tutta quella malinconia che galleggia per respirare fino ad arrivare alla superficie dello specchio degli occhi?

Come stai?

Mentre hai i pensieri che volano dal cuore alla mente come api impazzite, e ti ricoprono l'anima di timori spogli di rimpianti?

Come stai?

Con quel sorriso che avevi da bambina quando le insicurezze dondolavano come barche in mare aperto spinte dal vento della speranza?

Ti bacerei le parole, mentre i tuoi occhi rincorrono distratti i sorrisi nel cielo.

Ti bacerei i respiri, fino a farti abbandonare il corpo al destino della consapevolezza.

E ti abbraccerei le paure, per far vedere a Venezia che così, con i ricordi che danzano a ritmo della pioggia in un intreccio con i tuoi sogni, sei ancora più bella.

IN CHE latitudine vive la tua fantasia?

ECCOMI.
Avvolge questa parola.
È come se le tue braccia si allungassero, stando ferme, fino ad arrivare a me. Abbracciano i miei pensieri, li accarezzano, li stringono forte al cuore, tanto da farne rimanere solo uno.
Il tuo.

A CHI SOFFRE di cattiveria dovrebbero trapiantare il cuore di un cane.

Non guarirebbe solo chi è portatore di questa malattia, ma tutta l'intera umanità risanerebbe.

QUANDO non sento la tua voce, l'inverno urla il tuo nome.

CHI ha veramente cervello pensa con il cuore.

POTRETE cercare calore in altre mille braccia, ma l'anima l'abbraccia solo chi si appartiene.
A dispetto di tutto, anche della distanza.

PER OGNI SOSPIRO affogato nel rimpianto, c'è sempre
un desiderio nuovo che vola sulle ali del vento.

IL TRAMONTO trasporta il suono della tua voce, e in un istante il mare indossa il ricordo dei colori del tuo sorriso.

LA MENTE consuma tutta un'intera vita a pensare quale sia la "cosa giusta" da fare, quando basterebbe quella "cosa giusta" che pensa il cuore per non consumare una vita intera a pensare, bensì a vivere.

PER NON DIMENTICARE è necessario essersi rispettati.

Il rispetto e l'onestà sono l'inchiostro indelebile che disegna e descrive l'anima di una persona che rimarrà, anche dopo essersene andata, in un certo senso sempre parte della nostra vita.

LA SOFFERENZA che ha patito una persona è sempre impressa nella lettura tra le righe del suo sorriso.

SE IL TUO CUORE ha difficoltà a sorridere, svuota la mente da ogni pensiero, e riempiti gli occhi di mare.

SENTIVA L'ANIMA della terra cullare le nuvole dei suoi pensieri nella testa. Nel cuore stringeva il cielo in un abbraccio, a occhi chiusi, per non far uscire nemmeno una goccia di quel mare che le scorreva dentro e offriva speranza al suo mondo.

QUANDO il profumo di un fiore si mescola con quello del mare, si respira aria che sa d'infinito.

Come quando si fondono due anime: a loro appartiene l'eternità.

HAI UN SORRISO speciale, contiene la vita che hai sempre sognato.

IL MARE è il migliore amplificatore per ascoltare il cuore.

INCASTONATA come un diamante all'angolo della vita, con lo sguardo sereno proiettato verso l'orizzonte del presente, dava le spalle agli spigoli del muro che aveva innalzato sul passato. Così, in un attimo, tutto si era cancellato con un brivido, ogni cosa antecedente era stata annullata, quasi come se nulla mai prima fosse realmente esistito. Da quel punto c'era un insolito inizio, un'alba di una luce mai vista prima, una nuova vita che emozionava e sorprendeva per quanto avvolgesse come vento e baciasse come pioggia ogni corpo che incontrava.

QUANDO un desiderio plana sul tuo cuore donagli fiducia, in modo che le sue ali possano toccare ogni angolo dell'universo.

TI SENTO quando mi stai pensando.
   Sento nell'aria la tua presenza che vola attraverso le ali dell'amore e risponde alle domande che si pone il mio cuore.

QUANDO anche le verità che ti racconti si sentiranno fuori posto, cercherai la pace della tua coscienza nell'autenticità che sente il cuore.

C'ERA LA LUNA rossa quella notte che stava tramontando nel mare; uno spettacolo stupendo.

Pensava a lei mentre si immergeva nelle acque, scomparendo.

Aveva dipinto un vuoto nel cielo nero, e anche se aveva lasciato spazio alla luce di miliardi di stelle, non era bastato per coprire la sua mancanza.

Ecco, lei era come quell'attimo che sussegue il tramonto della luna rossa nel mare, quel tempo che disegna nel cielo la parola "manchi".

IL CUORE sente quello che l'occhio non vede.

NELLE PROFONDITÀ del mare sono custoditi tutti i segreti che gli innamorati rivolgono alle stelle la notte.
Glieli confida il cielo al mare a ogni alba.

IO AMO la notte.
E il silenzio
È solo in questo momento che si riesce ad ascoltare il lamento dell'anima.
Lei sussurra.
Lei bisbiglia.
Lei timidamente, ma franca, fa sentire il pianto dell'umanità.
Siamo tutti, costantemente, in cerca di qualcosa che non c'è.
Tutti.

TI PORTERÒ in un posto, dove non dovrai più nascondere il tuo sorriso agli occhi del mondo, e sarai libera di rompere le catene dei pensieri che ti legano a un passato confuso.

Sorriderai, sorrideremo, e il nostro sorriso profumerà del più sincero "grazie" la vita che celebreremo.

Ti porterò dove le parole che scrivo hanno bisogno delle lacrime per amalgamarsi con l'inchiostro e depositarsi sul foglio bianco, come fa l'acqua del mare quando bagna gli scogli e forma dei cristalli di sale che brillano al sole.

Così imparerai che anche una parola per "illuminare" è stata prima lacrima.

Ti porterò dove il vento accarezza la pelle a migliaia di chilometri di profondità, e arrivando al cuore della terra ti farà sentire la vita.

Ti porterò a guardare il mare, ad ascoltare i suoi pensieri fondersi con i nostri. Ci racconterà la vita, si fiderà del nostro silenzio al punto tale da svelarci alcuni misteri.

Da quel momento non saremo più gli stessi.

Saremo quello che non sapevamo di essere eppure ci sembrerà di esserlo sempre stati.

Saremo quello che non cercavamo, proveremo la stessa emozione di cui avevamo bisogno che combacerà con il frammento di attimo che ci ha sorprendentemente trovato.

Ti porterò dove gli occhi non hanno bisogno di aprirsi per vedere, ma basterà il silenzio per distinguere e comprendere anche quello che non mostriamo.

Ci conosceremo, in superficie imprevedibili dentro le nostre tempeste emotive, dolci e accoglienti, invece, ogni volta che ci caleremo in profondità.

Ti porterò dove l'anima respira sole e gli abbracci hanno il gusto dell'eterno.

Le nostre solitudini si guarderanno in faccia e non avranno altro per consolarsi che sorrisi e baci.

Ci rotoleremo al tramonto sul letto dorato al confine del mare, mano nella mano per non perderci in quella dimensione infinita, e la passione si consumerà in un bacio lungo come l'attesa che ci ha visto incontrare.

E non ci stancheremo mai di amarci, perché l'amore, da quel

momento, sarà motivo ed espressività di ogni nostro singolo respiro di vita.

Non ti prometto che ti amerò per sempre, ma sono sicuro che non resterò mai indifferente tutte le volte che sentirò nel vento la voce del tuo cuore reclamare attraverso una carezza la mia presenza.

LA MUSICA nell'aria ha questo effetto: trasporta l'anima dove vuole il cuore.

CI SONO persone che allevieranno i pensieri dolorosi della mente, ma solo una saprà curare il tuo cuore.

L'amore ha il privilegio di essere un sentimento inimitabile, maleducato e senza regole, unico quanto raro, ma soprattutto possiede l'ambizione di non poter mai essere riciclato.

RICORDI quando dissi che la tua presenza era riuscita a riempire il vuoto della malinconia che aveva lasciato la nostalgia del mare?

Beh, adesso non basta neanche tutta l'immensità di questo mare che ho di fronte per colmare la tua assenza, anzi, ogni volta che un'onda si infrange sul bagnasciuga, il tuo ricordo mi bacia i pensieri.

PERCHÉ pensarti è la migliore maniera per rendere più confortevole e prolungato il tuo alloggio all'interno del mio cuore.

MI INNAMORO dei sorrisi.
Mi innamoro di quei sorrisi che riflettono nel sole, suggerendo agli occhi il profondo significato della bellezza per la vita.

LA STRADA che porta al mare è per tutti la stessa, la riconosci subito: quando cammini senti nell'aria il profumo di felicità.

SE CHIUDO gli occhi e ascolto la tua voce, sento le onde del mare che accarezzano gli scogli, come fai tu, quando solletichi il cuore con le tue note.

E respiro brezza e salsedine, fino a riempire i polmoni, come quando la tua anima, viaggiando sulla frequenza della tua musica, avvolge ogni emozione che dà vita a ogni battito, battito di mare.

I REGALI fatti con amore hanno un unico comune denominatore: lasciano l'impronta di cuore sui sorrisi di chi li riceve e di chi li dona.

SEI BELLISSIMA anche stamattina, con quel velo di malinconia che impreziosisce il tuo sguardo, come se l'inquietudine cercasse in tutti i modi di sporcare il cielo romantico dei tuoi occhi ma non ci riesce, perché è troppo limpido da poter inquinare con l'ipocrisia di una bugia.

Sei bellissima addirittura se vedi buio e senti di essere circondata da sabbie mobili che al primo passo incerto risucchiano i tuoi piedi nella paura, nell'incertezza, nello sconforto, perché anche se non lo fai spesso hai imparato a volare al di sopra di ogni avversità e conosci perfettamente che la soluzione a tutto è affrontare la vita con leggerezza.

Sei bellissima perfino quando non dici niente, perché in quel niente l'espressione del tuo viso racchiude la frase "avevo voglia di sentirti", parole importanti che ogni uomo vorrebbe ascoltare come musica che alimenta emozioni.

Sei bellissima perché non vuoi, o forse non sai dire "ti amo", ma aspetti; e saper aspettare sul serio, vedere il tempo scorrere è virtù di pochi. È una specie di promessa che va oltre l'amore, è come dire "io non mi muovo, tu fai pure tutti i giri del mondo che vuoi, ma sappi che ti aspetto qui, in questo luogo misterioso e magico dove le nostre anime hanno deciso di incastrarsi senza il nostro consenso, in questa dimensione senza tempo nella quale le emozioni scandiscono la più profonda essenza della vita".

NON SEMPRE è orgoglio.
Spesso è dignità.
Non farti mai calpestare la dignità da nessuno; è il "motore" che rende davvero se stesse le persone, e quindi libere.
Libere di pensare, libere di agire, libere di essere.

NON RINCORRERE chi si allontana, ma usa la stessa forza e tenacia che impiegheresti, per far spazio a chi invece si avvicina.

PER ME essere folle significa distinguermi dalla norma, vedere ciò che gli altri non colgono, osservare per ore il mare, lo stesso cielo, come se fosse la cosa più bella del mondo, ammirare il tuo sorriso senza mai stancarmi perché io, quel dannato sorriso, lo amo.

Per me essere folle significa amarti senza misura, vivendo ogni singolo istante per te, con te, in te.

LA PERSONA speciale non sa di esserlo e fa ogni cosa mettendoci il cuore senza necessariamente avere nulla in cambio. È speciale chi vuole vedere sorridere amici e "nemici" nel riflesso della vita di tutti i giorni, chi si accorge dei tuoi malumori senza il bisogno di comunicarglielo, e soprattutto chi cerca di baciarti le lacrime ogni volta che sei triste.

IL SORRISO è l'inno alla vita più sincero che illumina il silenzio di infinite parole.

OGNI UOMO dovrebbe essere il sole della donna che ama, e la donna la luna del proprio uomo. E vivere sempre nello stesso cielo libero dell'amore, incontrandosi in quegli attimi in cui il giorno lascia spazio alla notte, rendendoli unici, quasi come se stessero vivendo un incantesimo.

L'amore è un appartenersi nel cielo della libertà.

UN GIORNO vorrei incontrare la tua bellezza per dirle che anche senza i complimenti del mondo non soffrirebbe di solitudine, perché la bellezza che possiedi tu, è quella inconsapevole.
Mantienila.

L'ARTE fa toccare con il cuore un sogno dove le mani non arriverebbero neanche con il pensiero.

FINO a quando non smetterai di farti sentire così, come adesso, la notte avrà il riflesso della tua luce.
Il vero buio è una notte senza pensarti.

VORREI spogliare la mia anima del corpo, per volare leggero e raggiungerti, oltrepassando gli oceani di chilometri che
ci separano. E soffiarti sui capelli i miei sorrisi, come vento,
baciarti le palpebre per far sentire ai tuoi occhi il mio amore,
accarezzare le tue mani per stringere la mia presenza, sfiorare i tuoi seni per riempire il mio desiderio della tua passione.

MEZZANOTTE non è un'ora qualsiasi, ma è il luogo dove per
un attimo si annullano tempo e spazio, e i pensieri si ritrovano
sotto il cielo azzurro dell'estate. È il momento in cui gli occhi dicono alla bocca: "Adesso riposa, parliamo un po' noi".

HO VOGLIA di aprire gli occhi e trovarti a fianco a me, nel letto.

Ho voglia di sorriderti negli occhi e appoggiare il mio buongiorno sulle tue labbra.

Ho voglia di accarezzarti i capelli, spostandoli da un lato, e baciarti dietro l'orecchio, fino a scendere sul collo, e oltre.

Ho voglia di riempire i miei polmoni del tuo odore, respirandolo intensamente.

Ho voglia di baciare ogni millimetro quadrato della tua pelle.

Ho voglia di passare le mie dita sulle palpebre dei tuoi occhi, poi sul profilo del tuo naso, e ancora sulle tue labbra.

Ho voglia di stare incastrato a te, con le mie gambe intrecciate alle tue.

Ho voglia di prenderti a cuscinate, saltando nel letto con la sola musica di sottofondo delle nostre risate.

Ho voglia di mescolare le nostre paure come si mischiano le carte, e iniziare a giocare.

Ho voglia di vivere questo nostro "non conoscerci" nonostante ci capiamo. Possiamo chiamarla empatia o intelligenza emotiva, ma è comunque una cosa rara ed è da custodire quando c'è.

Ho voglia semplicemente di donarti tutto l'amore che ho, solo a te.

Perché è solo te che desidero.

QUELLA SERA il divano aveva preso le sembianze di una nuvola, almeno per come lo faceva sentire sdraiato, leggero e sereno. Stava ascoltando il suo cuore, nel silenzio della notte, al buio i suoi pensieri più veri prendevano luce. Sentiva quello che aveva da dirgli, come tutte le sere, da quando la sua essenza era diventata presenza fissa nel suo interno.

Lei non era semplicemente nei suoi pensieri, ma era il suo pensiero, ogni giorno sempre di più, e questa sensazione era meravigliosamente indescrivibile.

Lei era il respiro quotidiano che dava energia alla sua vita.

Se non ci fosse stata, i suoi pensieri più dolci non avrebbero saputo dove andare. E se lui avesse seguito fino in fondo le parole che il suo cuore gli stava bisbigliando sarebbe andato subito da lei, proprio in questo momento. Adesso.

Aveva sempre messo il cuore davanti a tutto, in tutte le cose che aveva fatto nella sua vita. L'aveva esposto ai molti fenomeni climatici nei quali si era imbattuto: aveva preso sole, pioggia, vento, grandine, ma non si era mai glaciato, anzi.

Se lei gli avesse appoggiato sopra una mano ora avrebbe sentito tutto il suo calore, soprattutto dopo il fenomeno climatico per eccellenza al quale era stato sottoposto, il fulmine, o meglio, il colpo di fulmine.

OGNI VOLTA che gli capitava di guardare una foto di lei piccina, si accorgeva che non era mai cresciuta.

Era la stessa bimba di allora.

Era quel suo lato bambina che amava di più, quello da proteggere, da viziare, e che avrebbe voluto insegnarle con umiltà quello che lui aveva appreso dalla vita.

Quel lato più dolce, da coccolare, che ogni donna possiede.

Quel suo lato bambina da prendere per mano e tenere sempre stretto per tutto il resto dei loro giorni, soprattutto nei momenti difficili, ogni volta che cadeva e non diceva niente, quella mano che l'avrebbe aiutata a rialzarsi da terra, e le offriva la forza di camminare lungo il percorso della vita ancora più forte.

CI SONO sorrisi che annullano le distanze create dal tempo, e colmano i vuoti dell'anima sfiorando punti segreti dove nascono le emozioni.

APRÌ GLI OCCHI.
L'eco della sua voce che lentamente si dissolveva dentro di lui, fu quello che rimase.
Rimbombava ancora la sua presenza e il suo odore nelle pareti dell'anima, ancora un attimo, solo un attimo.
E poi gli occhi avrebbero riabbracciato la calda coperta scura.

LA VERA FORTUNA è avere ancora un cuore che sente.

IL SUO SORRISO solleticava le pareti del cuore di un mondo in cui cercava lo stesso amore che donava in un abbraccio la vita.

Nei suoi occhi soffiava il vento della passione, brividi caldi che aprivano le ali ai pensieri e li facevano vagare oltre il cielo.

SE LA VITA avesse una forma, il contorno dei tuoi occhi sarebbero il "recinto". E la luce che sprigionano, anima per i battiti del cuore.

TI PROTEGGERÒ dal terremoto dei tuoi sbalzi di umore che fanno crollare le sicurezze sulle quali basi le fondamenta dei tuoi sentimenti.

Sarò isola, dove poggerai i piedi durante il mare in burrasca delle tue insicurezze interiori, e l'ulivo al quale ti aggrapperai quando soffieranno come venti di bora le tue paure.

IL VERO senso di felicità si prova dall'avvento dell'inaspettato, da un'azione che ci smuove da quel senso di routine nella quale "amano" dormire i nostri sensi.

LA FOTOGRAFIA in bianco e nero è come la tela anonima di un quadro, sulla quale chi osserva può avere la presunzione di dipingere le emozioni a suo piacimento.

CI SONO notti nelle quali il silenzio si riempie della tua presenza, come un'eco costante del tuo nome tra i pensieri della vita che scorre.

❧ SEI BELLISSIMA quando ti scappa un sorriso, sì, perché spesso li trattieni stretti tra i denti, i tuoi sorrisi, quasi come se volessi far apparire sempre quella tua espressione malinconica di chi la vita l'ha messa alla prova con il dolore più duro e cattivo. Sei bellissima perché sembra che fai la stronza, ma in verità tu non sei quell'acida che vuoi mostrare agli occhi superficiali del mondo, quella donna che si incazza per ogni minima cosa. La tua è una corazza che ti ha rivestito l'esperienza delle delusioni passate per non far filtrare altro eventuale dolore sotto la pelle del cuore. Tu hai bisogno di qualcuno che ti levi lentamente pezzo dopo pezzo quella corazza. Un uomo che aspetti e comprenda nel profondo i tuoi tempi e che sia complice insieme a te di far tornare alla luce la tenerezza e la dolcezza che custodisci dentro e proteggi fortemente. Hai solo bisogno di qualcuno che ci provi fino in fondo, un uomo che non nasconde le proprie emozioni e che sia pronto a rischiare anche l'ultimo frammento di cuore pur di farti riacquistare fiducia nell'amore. Un uomo che sappia esserci in tutti i modi possibili, con ogni mezzo che conosce, che sia una parola, un gesto o un abbraccio, e che se non ne possiede, ne inventa uno. Hai bisogno di qualcuno che resti al di là di tutto e di tutti gli ostacoli presenti sul cammino, un uomo che non scelga la "medaglia d'argento" solo perché è più facile, ma che ambisca a quella d'oro perché è l'unica che si possa appendere al cuore per il resto della vita.

Sei bellissima perché ogni volta che i miei occhi si affacciano sull'orlo del tuo sorriso, il mondo comincia a girare velocemente insieme ai brividi delle vertigini che mi fai provare. E poi sei bellissima perché io lo vedo, tu hai il cuore più fragile del mondo, sei come quella rosa che nel giardino dell'universo non si raccoglie ma ci si prende cura innaffiandola ogni giorno.

MA COME FAI a vedere in bianco e nero quando hai dentro agli occhi il colore del sole che ti riempie di luce?

Ma come fai a pensare che non c'è "un domani" trasportato da un vento di primavera al sapore di cioccolato e pistacchio, come il gelato che ti comprava sempre tuo nonno all'uscita da scuola, quando hai la memoria del cuore che sorride al passato?

Ma come fai a non sentire quel senso di libertà che ti accarezza l'anima mentre osservi le foglie che cadono in un'armoniosa danza, come ali di gabbiani che sfiorano in volo le onde del mare?

Ma come fai a non credere all'amore, quando ti fa il regalo di gettare la maschera con la quale si protegge dalle insidie del mondo, guardandoti negli occhi così da vicino?

SAI, A QUELLE COME TE glielo si legge negli occhi tutto il romanticismo che custodiscono. Sì, proprio tra le pieghe dei bagliori di quella luce che fuoriesce dal profondo degli occhi, è lì che c'è scritto: sono una romantica "alternativa". Lo so che non credi alle parole dolci e non rièsci a sentirti quell'inguaribile romantica di Vasco come la maggior parte delle ragazze che si emozionano per un mazzo di rose o per la storia di Jack e Rose nel Titanic. Ma so anche che i tuoi occhi sono capaci di provare ancora tanto amore, quasi come fossero in empatia con il tuo cuore.

So che non ti fidi di chi giura amore eterno la notte di San Lorenzo sotto un cielo tappezzato di stelle cadenti, non credi alla cena del 14 febbraio e ai baci Perugina che sigillano un "armistizio" dopo una lite, non credi ai fidanzati su Facebook che aggiornano continuamente il loro stato sentimentale e si dedicano le poesie di Neruda o di Alda Merini, e so che dubiti delle mie labbra quando ti dicono che sei la più bella, perché sai che là dietro l'angolo ci può essere qualcuna "migliore" di te.

Non credi alle frasi fatte, non credi all'amore che profuma solo di mille parole incastonate all'interno di trame da film, ma so di certo che credi a quando ti guardo, a quello ci credi, quando in quel momento, senza parlare, ti accarezzo la mano e sosto dentro ai tuoi occhi per eterni attimi.

Credi agli sguardi e soprattutto alla complicità che c'è tra chi, attraverso l'ascolto del silenzio, è consapevole di amarsi.

LA MENTE umana è meravigliosa, ma il cuore degli esseri viventi, non solo quello umano, è ancora più straordinario, "batte" senza avere necessariamente l'arroganza di "vincere".

CERTE FERITE non si rimarginano, ma aiutano ad accogliere e contenere umanità.

UNO DEI PRIMI passi da compiere verso la felicità è riuscire a distinguere la verità dall'apparenza.

È STRANA la dimensione dell'amore.

A volte sembra che si esca fuori, come se si attraversasse una porta.

E invece ci accorgiamo che dietro quella porta siamo solo nascosti.

Quasi a trovare un riparo.

LA SERA, prima di coricarci, dovremmo mettere l'orgoglio sotto il cuscino, come si faceva da piccini con il dentino quando cadeva.

Forse la mattina non troveremo una monetina, ma sicuramente un po' di umiltà, quella sì.

LA SUA BELLEZZA non sarebbe tramontata mai, perché era l'alba di ogni emozione di vita.

LA VERA ELEGANZA è invisibile all'occhio umano, ma quando il cuore la incontra trova un intenso senso di benessere, talmente forte da cercare in tutti i modi di non volersene più andare. Perché l'eleganza non è un semplice luogo, ma è uno stato dell'essere che ti permette di restare in pace con il mondo esterno e soprattutto con quello tuo interiore.

AUGURARE eterna vita all'amore, sono convinto sia il più bell'augurio che una persona possa fare a una coppia che si ama.

È un po' come augurare a un bambino che la spensieratezza e la leggerezza con la quale affronta la vita non si consumino mai.

È l'augurio supremo, il più intenso, che solo un'anima intelligente che ha sofferto e compreso il vero significato dell'esistenza può auspicare.

COSÌ LO VUOI SAPERE che cosa sei tu per me adesso? Tu sei quella canzone che voglio riascoltare subito ancora prima che finisca di sentire al primo ascolto.

Sei quella frase di un libro che leggo e mi "inchioda", perché colpisce la mia attenzione e non mi fa andare avanti, e rileggo due, sette, venti, infinite volte e mi emoziona sempre in maniera nuova e differente.

Tu sei come quando da bambino mi lanciavo sullo scivolo e desideravo risalire le scalette ancora prima che i miei piedi toccassero terra, o come quando salivo su una giostra e a corsa terminata urlavo a mio nonno: "Ancora!". Tu sei il mio continuamente, il mio daccapo.

Sei l'emozione che mi dice "non ti fermare", quella che non mi stanca mai, che ho sempre voglia di provare e vorrei durasse in eterno.

Sei le labbra di un bacio dalle quali non voglio mai staccarmi, sei il brivido che cavalca la mia schiena quando la vita decide di farti un regalo.

Sei quell'attimo di dimenticanza che permette alla mente di non pensare più, quell'istante che indossa le ali e vola verso cieli tersi pieni di luce.

Sei la paura del desiderio che si avvera sul serio, quella cosa che cerchi e sogni da così tanto tempo che l'idea di trovarla ti spaventa a morte.

Sei il posto dove non sono mai stato, quell'uscita fuori dagli schemi dove nascono le seconde occasioni, a volte le ultime, quelle che non vuoi assolutamente sprecare, sperperare, inquinare, rinnegare, perché sai già cosa si prova a trascurare e non proteggere l'amore. Io non ti amo semplicemente: amo l'essenza che va ben oltre la sostanza e rende tutto unico. Amo i tuoi occhi che cambiano colore in base al tempo e al tuo umore, amo le tue mani che accarezzano le mie paure e tolgono la polvere dalla tristezza nei giorni difficili. Amo i tuoi capelli che danzano come fiamme di un falò a ritmo del vento, amo il tuo corpo da fata che accende il desiderio sul letto della mia fantasia, amo la tua voce da sirena, l'unica che riesce a riempire la nostalgia del mare. Amo il sapore di ciliegia della tua bocca, amo la tua pelle color nuvola d'estate che sa di vaniglia, e amo il tuo respiro dolce come il miele. Amo tutte queste cose di te perché in ognuna di esse è contenuto un tocco d'anima che le rende magiche. Amo quindi quella parte eterna di te e non ciò che il tempo consumerà e cambierà.

Ciò che sento è che tu sei una parte di me, o forse io sono una parte di te, ma tutto quello che so con certezza è che noi due, insieme, siamo parte di noi.

LO SENTO quando ci stiamo pensando perché il mondo è più leggero, e tutta la noia che riempiva quel vuoto di solitudine in un istante svanisce, lasciando il posto a un sorriso di gratitudine per la vita.

UN TEMA che affligge gran parte della società moderna è la noia che nasce dalla mancanza di rapporti interpersonali veri e sentimenti sinceri.

Certi vuoti della vita li colma solo l'essenza, tutto il resto si dissolve tra le ombre della futilità.

SEI BELLISSIMA perché non mostri a tutti il tuo cuore e sei gelosa delle crepe che contiene. Ti racconti con pochi, ti apri e ti lasci andare solo con chi è capace empaticamente di accarezzare gli inagibili tracciati della tua anima cullando con musiche gentili la memoria del passato fino a rendere visibile l'inesplorabile che conservi dentro.

Sei bellissima quando ti tocchi i capelli, è come se in quel momento facessi il solletico al cielo, fino a capovolgere il mondo con i tuoi occhi, quasi cercassi le risposte allo stupore che offre la vita.

Sei bellissima quando sogni che dietro l'angolo di un pensiero possa arrivare da un momento all'altro quell'emozione che stravolgerà ogni cosa e farà rinascere la versione migliore di te. Una scossa di adrenalina inaspettata, forte come la tua testa dura, fragile come il tuo cuore, selvatica come le tue mani quando cadono in tentazione, indecente come le tue labbra quando desiderano il bacio.

Sei bellissima quando ti incazzi e metti il muso al mondo intero, perché è proprio in quei momenti che trovi sempre la forza di prenderti cura delle tue fragilità di cui vai molto fiera. E così ti concedi solo a chi riesce a smascherare dietro un tuo "sto bene" la tua malinconia vestita con le preoccupazioni del tempo che passa e che vorresti fermare mettendo i tuoi occhi dentro lo sguardo che meriti, quello che si incastra perfettamente con l'eternità dell'amore.

Sei bellissima quando testardamente continui a sbagliare seguendo il tuo istinto perché ciò che gli altri reputano giusto non ti rende felice, e quindi hai fame di ostacoli, hai sete di persone complicate come te, le cose facili non saziano la tua voglia di sentirti viva, tu ti innamori di tutto ciò che è estremamente enigmatico e complesso. Sai benissimo che la tua felicità non nasce dal compiacere gli altri, ma ha radici nella terra dell'indisciplinata trasgressione che riflette i tuoi inconfessabili desideri.

Sei bellissima perché i venti che soffiano le acque del tuo mare interiore agitano la tua essenza, mescolando gli umori di chi crede di conoscerti e spargendo così nell'aria quel profumo di imprevedibilità che farebbe impazzire chiunque.

Sei bellissima perché tu non sei come le altre, dentro la tua testa c'è troppo cuore e non sai dimenticare il male che non ti ha esattamente trasformata, ma è grazie a lui se adesso sei in possesso della forza di un uragano e non hai più paura di pungerti con chi vale la pena.

Sei bellissima quando arrossisci come una bambina, le sfumature delle tue guance svelano il segreto che tu, di nascosto, ti affezioni ancora, perché per te non è bello ciò che è bello, ma è bello tutto ciò che possiede l'arte dello sfiorare, del lasciar interpretare, del far impazzire.

Per le donne come te è bello tutto ciò che fa innamorare.

MI INNAMORO della sincerità, dell'onestà di un rapporto, di qualunque natura esso sia.

Mi innamoro della verità e del fascino con il quale allontana tutto ciò che non le appartiene.

E mi innamoro di una donna che attraverso la forza dell'esempio si abbandona alla natura di riuscire a educare, con questi valori portanti di una società sana, un figlio.

ECCO LA DIFFERENZA tra bellezza e fascino: una sensualità che proviene dall'interno, quella parte invisibile di mentalità che si mescola con il pensiero e trabocca dagli occhi.

SAI, VOLEVO DIRTI che da quando sei entrata nel mio cuore la vita ha un sapore più ovattato, ogni cosa che osservo si tinge con il colore del profumo dei tuoi occhi.

Non so come hai fatto, eppure il mio cuore è una casa senza porte abitata da tanti, è un autobus in movimento, gente che scende, gente che sale, ma tu resti sempre fino alla fine della corsa, ogni giorno così, come se fossi il conducente di quell'autobus, come se fossi la padrona di quel cuore.

Lo ammetto, sono sincero, non ti penso sempre, ma in ogni pensiero che faccio c'è ogni volta un po' di te.

Se penso al mare capisco come assomiglierebbe al paradiso con te tra le mie braccia durante il tramonto.

Se penso a una città nuova da visitare immagino come sarebbe affascinante perdersi tra le sue vie con la tua mano nella mia.

Se penso al cielo mi domando come sarebbe splendido guardarlo insieme a te.

Se penso alla musica mi rendo conto che le mancherebbe l'infinito senza la tua voce.

Se penso al domani dimentico quel passato che si mescola con il presente e dà origine ai tuoi baci.

Se penso all'amore leggo sulla lavagna invisibile dei sentimenti il tuo nome.

E se penso alla vita mi accorgo di come sarebbe vuota se tu non la riempissi con la tua presenza.

Sono in te nell'identica maniera che tu sei in me.

HO SEMPRE amato affermare che l'invidia non è una brutta bestia come in molti credono, è un sentimento come tanti che purtroppo esiste. Le vere bestie sono le persone che praticano l'invidia, perché prima di cercare di fare del male agli altri fanno del male a se stesse, accecate da questo sentimento trascurano la loro vita che potrebbero migliorare se l'attenzione non fosse rivolta su chi il successo e le cose belle se le suda con il lavoro, la determinazione e alcune rinunce.

CHI AMA trova sempre il pretesto per sorridere alla vita e non perde mai quella spontaneità che lo rende davvero se stesso. Come i bambini.

E POI LO SAI che la domenica mi piace un sacco stare sotto le coperte con te anche se non piove, tenerti stretta da dietro su un lato, e accostare il mio braccio sul tuo fianco poggiando la mano sul tuo petto, dalla parte del cuore, fino a sentire i battiti picchiettare sul palmo come pioggia sui vetri. Lo trovo premuroso, questo cercare di raccogliere ogni tuo battito all'interno della mia mano, tanto da non volerne perdere nemmeno uno, perché immagino già che mi servirà ascoltarli quando saremo lontani, quando la nostalgia si presenterà sulla soglia dei ricordi per pagare il conto dei giorni felici.

Mi piace sentire i tuoi pensieri distendersi come lenzuola stese al sole, li sento sventolare sullo sfondo di cieli azzurri sereni come il tuo respiro, che si accende al ritmo dei miei baci sul collo. E rinnego tutte le volte che ti ho detto che ti avrei portato la luna pur di saperti felice, o che avrei fatto con te un viaggio su Marte per toccare il punto più alto della contentezza, perché è qui, all'interno del tuo abbraccio, che tocco il mio settimo cielo, è addosso ai nostri respiri che i miei occhi tornano a brillare come stelle a San Lorenzo, per poi cadere dentro agli abissi del tuo sorriso.

Mi piace trascorrere così la domenica, guardandoti profondamente, negli occhi, proteggerti da tutto quello che c'è là fuori, perché è solo in questo momento che riesco a comprendere davvero che tutto quello di cui ho bisogno lo custodisco all'interno del palmo della mano.

Così, anche quando non ci sarai, non mi sentirò solo.

COME si guarisce dalle delusioni?

Nella stessa maniera con la quale si cerca di guarire dalla noia: pillole di sogni da prendere a ogni risveglio "buttate giù" con un bicchiere di speranza.

Abbiamo l'obbligo di continuare a credere, nonostante le delusioni, che quello che siamo lo possiamo trovare anche negli altri. Se siamo buoni possiamo trovare nel prossimo la bontà, se siamo onesti possiamo trovare persone oneste, e se siamo amore, l'amore sarà ovunque noi saremo, anche quando non ci sembrerà di averne bisogno.

UN UOMO non sa cosa vuole finché non la vede tra le braccia di un altro, è vero?

Falsissimo. Quelli sono i mezzi uomini.

Un uomo vero capisce subito qual è la donna che insieme a lui potrà condividere felicemente la vita, e la maniera migliore per non perderla è corteggiarla sempre attraverso il rispetto, la presenza, e la libertà di lasciarle i suoi preziosi spazi.

L'amore non ha bisogno di altre braccia per rivelarsi tale.

"DA VICINO" è la distanza che io voglio vivere con te.

VUOI VENIRE con me?

Ti porto in un posto dove il tempo non esiste, e il vento ha il colore del tuo sorriso.

Dai, vieni con me... ti porto dove la felicità riposa sopra il cuscino dei tuoi occhi, e l'inverno è caldo come l'estate, non ci credi?

Portati dietro solo il cuore e lascia a casa tutto il resto, lo riempiremo di mare e di sole.

Io e te.

IL PENSIERO È come un battito del nostro cuore, incontrollabile, spontaneo, ingestibile... è lui che ti porta in un luogo, spesso distante spazi lontani ma sempre vicino, addirittura addosso dal punto di vista emotivo.

Il pensiero è libero, non ha recinzioni, limiti, gabbie... oltrepassa mura, universi, oceani, pregiudizi, pianeti, calcando le ali dell'impossibile. Si muove nell'invisibile, a cavallo di un'anima che è ancora capace di riconoscere la verità, spesso nascosta tra le pieghe dell'apparenza e gli occhi chiusi dell'indifferenza.

Il pensiero ti cerca, e se ne fotte, a dispetto di un sorriso appoggiato involontariamente sopra il comodino di un'emozione, a dispetto delle spalle che ti porge il pettegolezzo della gente, a dispetto di un cuore che muove battiti sordi immerso dentro a una musica d'amore.

Pensatevi, fate volare in alto i vostri pensieri nel cielo limpido dell'appartenenza, e quando combaceranno entrerete in una dimensione dove l'attimo si vestirà della presunzione di un tempo eterno.

NEL TUO CUORE della notte, ti sono vicino, per dirti che anche qui, senza di te è buio.
   La tua presenza è luce.

HAI L'EMPATIA del cielo dentro ai tuoi occhi, quell'invisibile capacità di far muovere le nuvole e accendere le stelle... quella smisurata rarità di scaldare l'aria e dipingerla con i colori del sole, anche di notte.

MI PIACCIONO un sacco le tue labbra, dicono tante cose anche restando chiuse.

TI NASCONDI dentro le pieghe delle pareti del mio stomaco che è casa, per te, oramai.

Senso di essenza che volteggia sulle ali di un vuoto dipinto dalla primavera dei miei sensi, come rondine, da lontano, si fa puntino nero in movimento sullo sfondo dello spazio azzurro.

Ti nascondi, ma poi vieni fuori in una nuvola che finge di dissolversi e resta impassibile a sorridere in un tempo sconfinato sul lungomare del cielo.

SIAMO troppo legati alle abitudini, ma è nel cambiamento che la vita prende forma e colore. Perché niente resta fermo, tutto è in continua, sebbene lenta, mutazione.

A VOLTE, tutto quello di cui abbiamo bisogno è una carezza sul cuore che allontani il freddo dagli inverni della vita, e ci proietti, come vento caldo sulla pelle, al sorriso dell'estate.

PER CHI si nutre di emozioni sognare è di vitale importanza. Aiuta a realizzare ciò che genera ogni battito del nostro cuore.

SIAMO talmente abituati ai fiori finti che quando una farfalla si posa su un fiore vero dubitiamo.

IL DUBBIO incatena il rimpianto che lo sbaglio renderebbe libero.
Ecco perché i dubbi ci rendono liberi prigionieri.

I TEMPORALI notturni sono stati inventati per abbracciare le persone che risiedono nel nostro cuore, anche solo con il pensiero.

SIETE DAVVERO convinti che tutte le persone che si amano vivano il loro amore? O che tutti quelli che stanno insieme si amino?

Essere single non significa essere soli. Così come essere in coppia non significa necessariamente essere amati.

A volte c'è più solitudine all'interno di una coppia che sta insieme rispetto a un single che si porta dentro un universo di emozioni d'amore.

LE EMOZIONI ogni tanto vanno scosse.

LA FELICITÀ io la considero come il flash di una macchina fotografica, sia per durata che per intensità. Ti ricopre come quella luce, e ti fa sentire felice, appunto, senza neanche capire fino in fondo il perché. Forse è questo il segreto della felicità, il non comprendere completamente la sua natura.

La serenità, invece, dura di più, ha un lasso di tempo più esteso, anche se di intensità minore ti dà quella sensazione piacevole di stare in pace con il mondo intero, quella distensione armonica dei nervi che si lasciano andare alle emozioni più intime che la vita ci offre ogni giorno.

Auspicare serenità è il miglior augurio che si possa fare, a mio parere personale.

Solo se si è sereni la felicità potrà "avventarsi" sulla nostra anima, così, imprevedibilmente, con addosso quello straordinario profumo che sa di sorpresa.

Auguro a tutti di essere travolti da quell'ondata di felicità che ci sbatte l'anima sul bagnasciuga di tutte le emozioni della vita, come fa il mare con la spiaggia.

OSSERVATE IL CIELO al tramonto.

Ascoltate musica, appena alzati.

Bruciate i pensieri più tristi cercando un sorriso in qualsiasi ovunque durante la giornata.

Giocate con la fantasia, e sognate la vita che vorreste. E se già ce l'avete, beh, allora custoditela e proteggetela al meglio.

Perché la notte, quando arriva, risveglia tutti i desideri più profondi, e spesso li accomuna un sorriso riflesso sugli stessi occhi.

COM'È la luna stasera?

Piena. Piena di te.

ERAVAMO LONTANI, ma stavamo guardando sul fondo della tazzina del caffè la stessa alba.

Eravamo lontani, ma stavamo ascoltando tra le nuvole, nell'aria, lo stesso pensiero.

Eravamo lontani, ma stavamo respirando negli abissi del cielo lo stesso sogno.

Eravamo lontani, ma stavamo percorrendo tra i sentieri del vento la stessa emozione.

Eravamo lontani, ma stavamo sorridendo a un'attesa dispettosa con gli stessi occhi.

Eravamo lontani, ma stavamo immaginando con trepidazione il luogo che ci avrebbe unito nello stesso abbraccio.

Eravamo lontani, ma stavamo baciando tra le fiamme della passione gli stessi spazi che legavano i nostri corpi.

Eravamo lontani, ma stavamo nascondendo dentro agli occhi della notte io qualcosa di suo, e lei qualcosa di mio.

Eravamo lontani, non distanti.

E questa sensazione avvicinava talmente tanto i nostri desideri da portarci sempre dentro, come riflessi in uno specchio, l'uno nel cuore dell'altro.

MI DOMANDANO di frequente: perché scrivi?

Ecco.

Spesso scrivere è una necessità.

Si scrive per sentirsi liberi, per togliere le catene alle parole che abbiamo incastrate tra cuore e anima, non si scrive per "sentirsi migliori", come in molti credono.

Scriviamo per lasciare attraverso le nostre parole un segno concreto del nostro pensiero su un pezzo di strada comune nell'anima della vita del mondo.

Noi scriviamo per sentire le nostre emozioni scorrere sulla pelle del cuore sintonizzate con chi ha il piacere di leggerle.

VI AUGURO che siate come vento di mare: forte, libero e leggero da trasportare ogni vostro desiderio lontano dagli ostacoli, ma sempre più vicino a quello che sente il vostro cuore.